The wonder-beast

麒麟

朱大可 著

图书在版编目(CIP)数据

麒麟/朱大可著.—北京:人民文学出版社,2018
ISBN 978-7-02-013686-5

Ⅰ.①麒… Ⅱ.①朱… Ⅲ.①中篇小说—中国—当代 Ⅳ.①I247.5

中国版本图书馆 CIP 数据核字(2018)第 012998 号

责任编辑	樊晓哲
装帧设计	陶 雷
责任校对	李晓静
责任印制	任 祎

出版发行	人民文学出版社
社　　址	北京市朝内大街 166 号
邮政编码	100705
网　　址	http://www.rw-cn.com
印　　刷	三河市西华印务有限公司
经　　销	全国新华书店等
字　　数	41 千字
开　　本	787 毫米×1092 毫米　1/32
印　　张	4.5　插页 5
版　　次	2018 年 7 月北京第 1 版
印　　次	2018 年 7 月第 1 次印刷
书　　号	978-7-02-013686-5
定　　价	33.00 元

如有印装质量问题,请与本社图书销售中心调换。电话:010-65233595

麒麟

麒
麟

一

永乐十一年晚秋
（1413年10月）

马赛猎人在东非马赛马拉草原上追捕长颈鹿，他们留着长发，身披红色马赛布，黑皮肤被汗水浸湿，阳光下闪闪发亮，就像身手敏捷的猎豹。野草开始发枯，水分蒸发在炎热的空气中。麟可以嗅到远方狮子、鬣狗和角马的浓烈气味。她掉头看去，一头雄性长颈鹿正紧随着她奔跑，他的名字叫"么"，因为他的叫声跟野牛相似。他是她的远方亲戚，忠实，温顺，竭力讨好她，就像一个性情温顺的忠仆。

但她尚未从麒被抓捕的噩梦中摆脱出来。三个太阳年之前,他被那些猎手捕获,至今下落不明。据消息灵通的鬣狗说,他们看见他被装上商船,运往一个叫做榜葛剌的东方国家。她跟他之间相隔万里海域,已经没有再次相遇的可能。"么"也是这么对她说的。"么"劝她放弃期待,因为人类是世上最残暴的物种,他们从不顾及其他生物的感受。但麟依旧沉浸在对他的回忆之中。她的泪水,从眼角流出,经过长长的脸颊、唇边和下颌,缓慢滴落在美丽的蹄子上,发出珍珠般的声响。时光如此缓慢,就连思念和悲伤,都变得迟钝起来。

她站在一棵孤单的金合欢树旁,用蓝紫色的长舌头,卷起枝条和叶子,把它们送进嘴里。她需要用食物来终止回忆。合欢树很不高兴。它在大声抱怨,树叶里满含着芬芳的眼泪。但麟没有在意,因为她看见了远处的骚动。地平线上出现了一队马赛猎人的身影。他们手持长矛和弓箭,快速摆动两条后腿,向她的方向狂奔而来。

麟开始惊慌起来,感到危险的迫近。她的舌头松开树枝,对合欢树说了一声抱歉,然后迈开修长的大腿,奔跑起来。她毛色美丽,肢体饱满,以优雅的身子奔行,犹如天兽下凡。作为网纹长颈鹿,她的毛皮呈多边形的褐色斑点,衬有明亮的白色网纹,斑点是深红色的,向下一直扩散到足部。在她情绪激动时,斑点还会闪烁出一种异常的光亮,仿佛是鱼类身上的鳞片。

"么"目击她性感的斑纹和臀部,心猿意马地追随其后。在他们身后,是成群结队的角马、斑羚和蹄兔。它们是人类的陪猎者,猎手需要利用它们的惊慌和奔跑散布恐慌。角马是恐惧信号的传播者,它们惊慌失措的表情,在草原上迅速传染,越过低矮的灌木丛和长有仙人掌的石砾荒漠,瞬间抵达最遥远的水塘。

　　强壮的马赛人越过角马群,逼近并包围了麟。麟的脚步开始放缓,她四面张望,看看能否得到狮群的支援,但母狮们早已逃得杳无踪影,而象群也在远处胆怯地静观。猎人们拉出了粗大的绳阵,麟还没有来得及转身,那些绳索就绊住了她的四足,一个绳圈还套住她的脖子。她被重重地绊倒了,一张大网罩住了她的全身。她绝望地想,她终于面对跟麒完全相同的命运。

"么"身材瘦小,毛色黯淡,在草原上是被鄙视的一类,但在逃离中却显露出卓越的个体优势——更加灵巧敏捷,能迅速跳出网阵,摆脱马赛人的陷阱。他躲在远处,死死盯着被捕的麟,不肯离去。麟用蹄子奋力刨地,警告他赶紧逃走,而且越远越好。麟的四肢被捆绑起来,搬上四轮大车,由牛群拖往人类聚集的马林迪城。只有秃鹫在天上紧密追踪着猎人的队伍,指望他们的指缝里会漏出一些生物的碎片。

她被关入一间高大的木板牢房。这里臭气熏天,到处是狮子、斑马和鸵鸟残留的绝望气味,牛粪垒起的墙上,还涂有一头狒狒自杀者的尿液。她徒劳地寻找麒的气味,却一无所获。草原野兽的怨气太重,层层覆盖了旧时的气味。几个马赛人守在四周,身上背着劣质的弓箭,逃跑似乎没有可能。麟长叹一声,开始吃起人类供应的干草,味如嚼蜡。

这样过了几天。在一个雨过天晴的下午,有大批人类前来探视,场面的隆重程度令麟感到惊讶。一个身材高大的白皮肤男人,被黑色的马赛人簇拥着,从屋外仔细打量她,目光如炬,像是在打量一件稀世珍宝。他身穿美丽的袍服,上面绣有一对表情凶悍的大蟒,跟马赛人的裹身破布,形成鲜明的对比。他反复看了很久,突然露出满意的微笑,指着她对身边的马赛人说,这就是麟,我找她已经很久了。我要带走她,她是我的,不,她是属于大明皇上的。他嗓音尖细,隔空拱了一下双手,仿佛那个什么皇帝,就站在他的身后。这时，站在外围的其他白种士兵也大声喊出了"万岁"，像是一次神经质的语音抽搐。这是一种古怪的人类方言，她从未听过，却完全懂得语词里的含意。

麟的脖子被套上绳索，在负责喂养他的"麒麟奴"（她后来才知道这个语词的意义）牵引下，向港口缓慢走去。麟见过那个中年男人之后，突然失去了逃跑的欲念。她感觉那人眼神可亲，就像自己昔日的情人。她顺从地跟随车仗，一直走向蓝绿色的海岸，那里停泊着几十条大船。在非洲大地上，她第一次看见如此众多的水上事物，就像一座座小丘，漂浮在水面上，带有折叠的巨帆和五颜六色的旌旗。

狮子、斑马、花豹和鸵鸟被送上马船，而麟则沿着分层搭建的踏板，登上其中最大的九桅巨轮"宝船"。

她知道，这是一种特殊的礼遇。她将开始一次伟大的海洋旅程，目的地不明，但若是那个叫做榜葛剌的城市，她就有望跟自己的丈夫团聚。她对此充满不安的期待。

她被麒麟奴安置在甲板中部，紧靠粗大的桅杆，四周是高大的杂木栅栏。一个用斜拉铁链支撑的栈桥，从船尾的舱房那头伸展过来，它的尽头就悬停在她身边，几乎跟她的头部齐高。中年男人领着一位年轻男子，走过栈桥，站立在她面前，这次他们间的距离近在咫尺，可以更加仔细地彼此打量。

中年男人对她说，你好。这是友善的问候。她点点头，向对方伸出了蓝紫色的长蛇般的舌头。年轻男人非常惊讶，他一把抓住中年男人的手臂，就像孩子抓住父亲的衣襟。

他说，和大人你看，她的舌头好像毒蛇。

那个叫做"和大人"中年男人，轻抚他的肩头说，不用害怕，她这是在问候我们。

她喜欢那个有礼貌的男人，她后来知道他叫郑和，是整个舰队的领袖，而年轻人叫马欢，是他的侍从兼阿拉伯语翻译。从表情、举止和服饰上判断，他们属于更为精致的物种，拥有更高的智慧。但郑和的眼神里总有一种忧伤，在他欢笑的时候，忧伤会像潮水一样退走，然后又更加汹涌地卷土重来。

他试探性地伸出手来，用手指轻触了麟的脖子，但她凝望着他，毫不退缩。郑和开始抚摸她，掌心温热，满含欣赏和惊叹，在她的皮肤上爬行，仿佛在搜索和倾听她的秘密。麟一动不动，沉静地享用这来自人类的赞美。

郑和的抚摸温存而缓慢，像是一次持久的做爱。麟记住了这个历史性时刻——从未有过这样一个雄性人类，向她如此说出充满爱意的手语。她在喜悦中撒了一泡很大的尿。尿液倾倒在船板上，犹如泉水一般，散发出浓烈的臊味。郑和目不转睛地望着，仿佛看见巨兽的不可思议的能量。

在这种日复一日的抚摸中，宝船驶离斯瓦西里海岸，不断交替着航行和停泊的两种模式。其间有更多其他船只汇入，还有各国的使节和珍宝上船，诸如乳香、芦荟、红蓝宝石、珍珠和色彩美艳的珊瑚树之类。水手敲打锣铙欢迎他们，那些乐器发出了滑稽的金属音响。

而麟只能接受鼓声,它跟非洲人的鼓点很像,只是更加散乱和漫不经心,跳跃在红色的牛皮鼓面上,仿佛是母鸡在不规则地啄米。他们还吹奏一种叫做"唢呐"的高音喇叭,它原初是波斯人的乐器,声音高亢,犹如象群在草原上发出的呼号。

使节们的长相看起来都很怪异。他们的毛皮可以脱卸和更换,这增加了他们的古怪程度。他们每天都沉浸在歌舞里,有些雌性人类在跳舞,姿态放荡而优美,跟鸵鸟求偶的舞蹈相似。

她们还喊出一种具有旋律性的叫声(后来她才知道那是一种"歌舞"),纤长的白腿在雄性人类面前摆动,求偶的术语异常复杂。麟觉得那是一种精妙的系统，人类的感官神经已经退化，只能靠符号传递讯息。他们在符号中崛起，爬升到生物链的顶端，肢体坚硬，表情放荡。

使节们用猫眼石和红宝石收买性服务。他们跟中国疍女在船尾官厅的客房里做爱，举止犹如斑点鬣狗。草原上雄狮每天要有上百次交配，而人类的次数很少，但时间很长。他们发出的欢愉声，甚至盖过了船首切割海浪的响动。马欢有时在走廊上徘徊，偷听那些放浪的叫喊，脸上现出困惑的表情。

郑和对麟已经无限痴迷，他每天深夜都来探视她。使节、舞女和水手们都已入睡，只有值班的舵工、导航员、帆具手和瞭望员在孜孜不倦地工作。郑和沿着栈桥走来，面带微笑，仿佛是在奔赴一个暧昧的约会。

在大多数情况下，他只是轻抚它的脖子，保持着惯常的沉默，但她却可以感知他灵魂的声音。他在向她谈论自己隐秘的心事。他喋喋不休，热烈赞美她的脖子，赞美它的粗壮、性感、近乎完美，是天神的杰作。在这种时刻，麟即便已经躺下，也会猛然警醒，站立起来，迎接这雄性人类的降临。她几乎把他视为麒的缩微版替身。

除了和大人，还有另一个船员也难以入眠，那是年轻的雄性人类马欢。他在暗影里默默地注视郑和，仿佛是前者的一个缄默的影子。月光照临在苍穹顶部时，麟不仅可以看见马欢绸衣上的皱褶，还能看见闪烁在他眼里的泪光。她知道其间蕴含着一种深刻而难以索解的情感。人类是丧失感官能力的肤浅生物，而他们是人类中的异端,脆弱、敏感,被奇怪而复杂的痛苦缠绕。

二

永乐十二年晚秋
（1414年10月）

麒走在应天府的石板路上,趾高气昂,表情困惑而高傲。百姓们挤在道路两边看他,像在围观一个高大的天神。他的视线掠过那些低矮的青黑色屋顶,它们匍匐在大地上,其上覆盖着密集的瓦片,像一些不规则的鱼鳞,一直延伸到天边,在阳光照射下,反射出有气无力的色泽。人民衣衫褴褛,呆滞的目光里露出了恐惧。他们交头接耳,仿佛在谈论一件不可思议的奇迹。风吹过这座被废弃的都城,带来了一些他无法理解的讯息。

这一年来，麒遭遇了一系列可怕的经历。他在马赛马拉草原上被猎人追捕，为了保护妻子麟，他把猎手引开，自己却被赶进一个阴险的包围圈里。他只能像奴隶那样束手就擒，被卖给来自埃及的阿拉伯商人。那个富有经验的动物贩子，把他带往东方的榜葛剌，成为国王赛弗丁的宠兽。他住进一座美丽的花园，在那里居住了长达两年的时光。

一条蜿蜒的河流从花园中央流过，把花园分成两半。国王住在那边，他住在这边。他们彼此眺望和欣赏，状态相当友好。他的草地上除了梅花鹿、懒猴、豹猫和巨蜥，便是榕树、苦楝树、苹果树和石楠藤。他喜欢那些植物的叶子，汁液饱满，气味芬芳。他放肆地撕扯树枝，把果实践踏在地上，把树叶卷入舌尖。国王和他的女儿望着他粗鲁的举止，满含喜悦，仿佛在观看一个顽皮的家庭成员的嬉闹。

但这座广阔的花园并非旅行的终点。麒被一个叫郑和的中国人相中，向国王索取，而国王竟然不顾女儿的哭泣，把他转赠给中国人，并且被重新装船，由郑和的副使杨敏主持，用一艘六桅帆船，将他送往一个更加遥远的东方帝国。船起锚的时刻，麒还能听见公主在放声大哭。她的声音性感而嘹亮，犹如母豹在雨季里发情。

这就是在兽界疯传的大明帝国的都城，据说它是扬子江边最伟大的城市。黔青色的城墙高耸，比麒的头颅更高，上面爬满古老的藤蔓；帝国的士兵排列成铁甲的墙垣,他们身穿风格华丽的军服,长枪和盾牌在阳光下闪闪发光,犹如神话里的天兵天将。

麒在印度驯兽师牵引下,缓步绕过一座大湖,穿越在战事中毁坏的城墙,从午门进入,走过五龙桥,穿过写有"奉天门"字样的牌楼。大明帝国的皇帝朱棣,此刻坐在奉天殿前面的广场上,头戴冠冕,身穿杏黄色的龙袍,很不耐烦地申斥着他的臣子。而臣子们则跪拜在地上,浑身战栗,仿佛非常害怕的样子。

麒的光临打断了皇帝的怒气。他站立在低矮的官员中间,犹如鹤立鸡群。上千名官员为此发出惊叹,他们从未见过如此神奇的生物,高大、美丽、浑身放射出不可思议的光芒,仿佛来自至高无上的天庭。

皇帝在宦官们的簇拥下登上一座木质高台,隔着横栏仔细看他。他的位置几乎跟麒的头颅平行。皇帝惊讶得说不出话来，眼神里露出跟百姓相似的恐惧。他想触碰一下麒的脖子，却半途而废，收回自己迟疑的手指，自我解嘲地大声说，他多么高大，比那些旌旗和华表还高。他在俯视苍生，怜恤你们的疾苦，并且还要赐予你们幸福。

就像妻子麟那样，麒能够听懂皇帝和世间所有生物的言辞。他伸出长达三尺的蓝紫色舌头，又向皇帝喷出一口巨大的鼻息，像大风那样吹走了皇帝的帽冠。皇帝被这长蛇状的条形物所惊骇，他在众目睽睽之下倒退几步，随即有些气恼于自己的失态，一拂衣袖，走下了高台。宦官们簇拥着他返回龙椅。宦官为他重新戴好冕旒。有人开始尖着嗓子宣布典礼开始。

一个叫做沈度的男人走出文官队列,跪在地上,高声诵读自己的辞赋——

西南之诹(陬),大海之浒,实生麒麟,身高五丈,麋身马蹄,肉角颙颙,文采焜耀,红云紫雾,趾不践物,游必择土,舒舒徐徐,动循矩度,聆其和鸣,音协钟吕,仁哉兹兽,旷古一遇,照其神灵,登于天府……

皇帝在心满意足地倾听,而麒完全无法理解这种古老的方言,但他知道,这是人类在第三次给自己命名,因为此前在榜葛剌,他已从郑和与杨敏嘴里,听过这个令人疑惑的名字。

麒获得的首次命名是在非洲，马赛人把他们这个物种称为"基林"，其实就是"长脖子"的意思。在广袤的马赛马拉草原上，他的种族无疑是脖子最长的生物，就连素以长脖闻名的鸵鸟和阿拉伯骆驼，都只能望洋兴叹。

而在印度半岛的榜葛剌，国王和他的女儿却把他当作"布拉克"——先知默罕默德的神圣坐骑。在阿拉伯人的叙述中，布拉克应该拥有人类的面庞，马或老虎的身子，纯白的毛发，骆驼那样的长脖子和骡子般的精巧乳房。但除了脖子比骆驼更长以外，麒其实跟布拉克毫无相似之处。

中国人郑和与杨敏却指认他为"麒麟"——一种中国传说中的神兽，其中雄性叫做麒，雌性叫做麟。

据说这种神兽最初出现于鲁国,被七十一岁的圣人孔子所见。当时神兽被猎人伤害,前肢折断,已经奄奄一息。孔丘先生目击了它负伤的身躯,非常伤心,失声痛哭,眼泪浸湿了衣襟,因为它出现在周朝衰微的末世,实在是极为不祥的征兆,从此决定停止撰写《春秋》。但麒麟若是现身于盛世,反而是一种吉兆,象征天神赐福,而一个吉祥幸福的新时代即将降临。麒知道,皇帝其实一点都不喜欢他。他只是皇帝用以证明这盛世的奇异工具而已。

使节们开始逐一献上他们的贡物,诸如象牙、犀角、珊瑚、宝石、珍珠、布匹和香料的样本,这些贡物被放在雕饰华丽的轿厢里,由士兵们抬着,从皇帝面前走过,由使节们向皇帝展示,然后被送往库房。

皇帝脸上露出满意的笑容。这些外邦小国都来朝拜他的权力，这满足了他对权力的渴望。他是篡位者，以谋反和屠杀的方式，褫夺了侄子皇帝的宝座。他必须证明这种权力是合法的，而最有力的证明者不是顺服的百姓，而是前来朝贡的外邦使节，以及那些象征吉瑞的异兽。他们是装饰帝座的蛊惑人心的花环。

他向使节们赐座，跟他们亲切交谈，犹如一位风度翩翩的世界领袖。文武官员都在静观，他们的白发和官袍在风中飘动。除了皇帝、使节和译员的私语，广场上十分安静，只有风铃和旌旗发出不倦的响声。

皇帝对马林迪的王子说，去年他北征瓦剌，曾经发现一头奇兽，以为那就是麒麟，却已身负重伤，很快就悄然死去。他当时闷闷不乐，幸亏爱妃琼氏好言慰抚。现在，麒麟居然失而复得，虽然模样不太一样，但他还有什么可抱怨呢？它足以证明，他的王朝不可动摇。皇帝脸上露出欢喜的表情。

麒感到百般无聊，他决定弄出更大的响动，于是拉了一泡很重的稀屎，大约有上百斤的样子，狠狠砸在砖地上，发出沉闷的大响，稀软的秽物四散飞开，一直溅到官员的脸上和衣衫上。人们尖叫和奔逃起来，仿佛在遭遇一次突如其来的袭击。神经质的皇帝吃了一惊，以为发生了什么重大危机。他猛地站起身来，大声叫道：来人呐，有刺客！场面顿时变得混乱起来。

典礼在一片惊慌和凌乱中草草结束了，麒被带往一座破败的花园。在旧皇帝被推翻之前，这里曾是宴请宾客的重要场所。旧帝在宫殿里自焚而死，花园在这十二年中被常年废置，并因失修而呈现为萧条的景象。麒放眼望去，到处是无名的杂草，只有狐狸和野獐在其间出没。

但这却更符合麒的草原法则。麒独自在硕大的花园里缓步巡视，看见被蒿草淹没的石人，还有几座垮塌的亭子。泥土里散落着一些彩色的琉璃瓦片。它们缄默地望着这个不速之客，表情忧伤。池塘里长满莲叶和水葫芦，一座残破的木桥横陈在水面上，木栏裹着深绿色的青苔，仿佛穿上了用微细茎叶编织的衣物。从静止的水面上，他偶尔还能看见宫女的幽灵飘过，影子映照在死水里，像翩然起舞的蝴蝶。

麒遍尝那些陌生的杂树和野草，从中挑出几种，诸如刺槐和含羞草，开始细嚼慢咽起来。他知道，这里应该就是他旅行的终点了。他觉得一切都还不算太坏，至少，这里没有太多跟他抢食的反刍类生物。他站在花园里，极目四望，看不到任何同类。孤独像死寂的池水一样，悄然漫上了他修长的脖子。

几名来自榜葛剌的驯兽师，现在成为大明帝国的奴仆，他们拥有一个奇怪的名字——"麒麟奴"，这意味着他们充当了侍者的角色，但在以后的日子里，他们的作用变得无足轻重，因为麒无须他们的呵护。他是他自己的主宰。

过了几个太阳日，神经质的皇帝再次出现在麒的面前。这次他领着自己的妃子琼氏和孙子，侍卫林立。那些美丽的女人们被他的高大姿容吓到了，一起发出了欢喜的尖叫。孩子们则向他投掷石子。只有一个面色苍白的少年走近他，安静地仰脸向他的眼睛凝视，仿佛在凝视天上的星辰。

麒看见自己的身影映射在少年的瞳仁里，犹如一个缩微的精灵。麒破天荒地躺了下来，把脖子盘旋在自己身上。少年大胆地站到他身边，伸手数着他的头角，一个、两个、三个、四个、五个、六个……他的小手潮湿而冰凉，犹如树叶在簌簌发抖，轻轻掠过麒的头角。

麒后来才知道，这少年就是当今太子的次子，朱棣最宠爱的皇孙之一。他比祖父更迷恋这只神兽。他向祖父说，把他送给我吧。明天是我的生日，我需要一件这样高贵的礼物。

皇帝意味深长地笑了。他说，朕答应你，但你要负责它的全部,包括它的生命。我对你的唯一要求,是它必须活着,绝对不能死去。如果它死掉,我的王朝就会出现问题。

皇孙露出欢天喜地的表情,却没有理解皇帝的深意。他向那些负责喂养麒麟的奴仆下令说,你们要为它造一座大大的房子,让它有一个美丽的家园。而且,冬天很快就会来到,到时候,我们就能生起火来,让它在里面温暖地过冬。六名麒麟奴跪在地上,接受了皇孙的接管。这时麒心情变得很好,他喜欢这十六岁的年轻人,决定善待他,因为自己的命运,即将被移交到这个男孩手里。

古事記

麒麟　東非

圖一

三

永乐十二年隆冬
（1414 年 12 月）

海上航行的岁月是单调而凶险的。虽然舰队没有进入飓风中心，却还是被风暴的边缘击中。暴雨打湿了麟的美丽皮毛。这跟草原雨季的暴雨没有太大的区别，只是"大地"一直在晃动，许多水手都在剧烈呕吐。麟远远望见马船上的狮子，在铁笼里不安地回旋，而斑马则惊慌失措地大叫。鸵鸟摇晃着细而弯曲的脖子，然后倒在地上，仿佛陷入眩晕之中。麟先是试图靠着桅杆站立，但仍然无法稳定重心，只能顺势躺下，从干草堆里眺望那些狼狈的事物。帆具手在努力降下巨帆,几个没有经验的年轻水手掉进水里,瞬间被汹涌的大海所吞没。

和大人为麟打开了栅栏的大门。在没有风浪的情况下,她可以在船上自由行走,观看那些海上风光和船内人事。

船上最吸引麟目光的,是那些嬉戏在后舱上层的小太监们,那些男孩总是像女孩一样蹲着小便,因为他们没有鸡鸡。其中那个名叫九宝的男孩,容颜俊秀,眉眼细长,而且性情极其温顺。和大人喜欢把他带在自己身边,拥抱和亲吻他,玩弄他的招风耳,就像玩弄一对纸鹤。九宝在玩耍手里的木刀,而郑和在玩耍他的耳朵。

麟喜欢看到这种温情脉脉的场景，她惘然想起了自己的父亲。他死于一场激烈的奔跑。黑皮肤的猎手们抓住他，用粗大的绳索把他固定在大车上。他剧烈跳动的心脏无法承受这突如其来的静止，在胸膛里剧烈地爆炸，犹如一枚愤怒的炸弹。麟知道，父亲是所有草原烈士中最高贵的一位。他死于对自由的固执信念。

风暴刚刚离去，宝船上又出现来历不明的瘟疫。许多士兵病倒了，医官束手无策。他们焚烧艾草，把醋液煮沸，还用生石灰消毒，但都无济于事。道士们开始画符做法，他们在纸上描绘一些奇妙的符号，然后点火焚烧。符号在火焰里舞蹈和旋转，像一些苏醒的精灵，最后以灰烬的方式跃入水中。据说那是一种厉害的药剂，由医官分送给患病的士兵饮服。一些人奇迹般地恢复了健康，而另一些人则在服药后迅速死去。

九宝也病倒了，而巫术没有发生作用。和大人正在舵室里跟主副舵手讨论洋流、风向和航道，听到这个噩耗，顿时脸色大变。他急切地走下楼梯，奔过长长的走廊，推门进入自己的卧室。九宝面色惨白，躺在象牙大床上，已经陷入昏迷状态。和大人心如刀绞，一把推开束手无措的医官，紧紧抱住九宝弱小的身躯，犹如抱住一只蚕蛹。九宝在轻微地抽搐，唇色青紫。和大人像女人那样哭泣起来。

马欢叫来了阿訇，他在吟诵超度灵魂的经文。麟的脑袋停留在和大人的舷窗外。她看见九宝在他怀里停止了呼吸。他的灵魂从鼻孔里飞出，萦绕在和大人胸前，像小鸟一样不愿飞走。和大人的心剧痛起来，犹如刀绞一般。麟为此发出了长长的叹息。她对九宝的灵魂说，来吧，住到我的脖子上吧。我的脖子很长，可以安放成千上万个亡灵。

和大人屏退众人，亲自为九宝沐浴。他用海水擦拭他苍白而发青的上身，就连五根细小的手指都仔细擦过，每个指甲的缝隙都被清洗。褪下裤子时，和大人看见了他被净身过的下体，疤痕已经褪色，跟大腿的肤色接近，看起来如此无辜、纯洁，犹如天使。和大人再次失声恸哭起来。他轻抚那处创伤，泪如雨下。

马欢在屋外徘徊，露出万分焦虑的神色。但他不敢走进屋去，麟知道他的心思。这是和大人的最高机密。他只是机密的守护者,而不是干预者。他必须恪守自己的本分。

天亮起来的时刻,九宝的葬礼在甲板上简单举行。按照穆斯林的习俗,他的身子被裹着白布,连同那只象牙大床一起,被众水手送入了大海。它在水面上漂浮片刻,仿佛在做最后的道别,大量的桃花水母簇拥在床边,体态晶莹透明,在水中游动,宛如怒放的花瓣。它们像水妖那样唱出三个音符的哀歌,然后跟九宝一起,被泛着白沫的海浪埋葬。

和大人没有向尸体告别,他害怕这种永诀的场面。他蜷缩在另一张更宽大的床上,跟其他几名小童彼此相拥,悲伤而疲惫地睡去。马欢在门外默然守候。九宝的亡灵没有离去,在走廊上玩耍,沿着天花板飞行,吹灭所有的油灯,又逐个点亮它们。他没有被自己的死亡吓住。他兴高采烈,仿佛得到了梦寐以求的自由。

马欢回到自己房里,开始用柔软的毛笔记录这些时光。黑色的字迹依次在纸上显现。麟无法懂得那些文字的含义,但她能看到,从那些燃烧的文字里,迸发出了一些令人感伤的物质。它们越过油灯,飞向了沉默的大海。

麟已经五个太阳日没有进食了。她饥肠辘辘,被食物忧郁症所纠缠。她不喜欢那些潮湿和发霉的干草。她无精打采地躺卧在草堆里,失去了观察世界的全部兴趣。麒麟奴们有些焦躁,担心麟会生病。他们找不到新鲜的金合欢叶,甚至没有新鲜的蓝花楹叶、香肠树叶和烛台大戟的叶子。

麟发出了沉默的抗议。她躺卧不起，整条宝船都被惊动了。士兵中出现了一些骚乱，说是和大人病危，麒麟与之感应，也已病入膏肓。锦衣卫开始四处捕人。这时马欢出现在麟的面前，带来一小袋子喂马的豆饼。

他把饼子掰碎了放在麟的面前，对她说，我知道你。麟的鼻子闻到一股经过发酵的豆香。她尝试了一下，觉得还算不错，虽然它是一种低贱的马食，但好过发霉的干草。她打了一个响鼻，算是对马欢的谢意。鼻涕喷了马欢一身。

马欢有些不悦地责备说，你真臭，你是个被宠坏的长脖子。他开始学着像郑和那样抚摸她的脖子，麟骄傲地看着她的人类朋友，开始怜惜他的孤独。哦，他多么孤独，像狗一样温顺地跟着郑和，却得不到他的爱抚。

但麟没有料到，和大人很快就从九宝之死的悲伤中解脱出来。他回到舵楼最高层，远眺变幻莫测的大海，向舵手发出新的指令。他还召集会议，向那些海军军官们发火，撤除了一个叫做唐敬的指挥的职务；他还抨击锦衣卫过度执法，逮捕了那些忠心耿耿的士兵，以致宝船无法正常航行。他高举宝剑和皇帝的圣旨，逼迫那些下属服从他的意志。他恩威并用，最终排除了船务上的各种麻烦。

马欢始终站在他身后，像一个沉默不语的影子。当众人都退下之后，和大人转身对马欢说，我的孩子，我观察你已经很久了。从今天起，你不仅是我的翻译，而且还是我的随从。我要你陪伴在我身边，寸步不离。

马欢的脸上浮现出难以抑制的喜悦。他弯腰作揖，把脸埋进了宽大的衣袖里。麟知道他在喜极而泣。和大人轻抚着他的头发。麟在远处静观，用舌头逐个卷走那些爬行在嘴边的草原飞虱。那是她身上常年的寄生物，但此刻她已无法忍受它们的骚扰。它们行为粗鄙，到了难以忍受的程度。

舰队停靠港口的时候，一个来自古里的分舰队会合进来，又一队赴北京朝贡的使节团登上宝船。船上出现了三名突厥女眷，据说是总督的亲戚，打算去看看东方的瑰丽风景。但船上的风景已经令她们着迷。她们爱上了和大人，说是要一起成为他的夫人。这件事很快成为水手们的谈资，他们偷窥三个美女的放浪举止，窃窃私语，在船员间散布桃色新闻。

和大人没有在意这些变化。他阅历广泛,美丽的女人从身边经过,犹如流水一般。他跟她们一起饮酒掷骰子,赌几把铜钱,搂着她们的细腰,说中国宫廷的色情笑话。马欢翻译这些段子时,两腮涨得通红,仿佛已经被色情的语义熏晕。女人们咯咯大笑。

马欢的出现,分散了三个女人的视线,其中有一个女人开始追逐马欢,当众抱住他的身子索爱,马欢吓得全身颤抖,躲到和大人的身后。郑和哈哈大笑起来,觉得这些异邦女子,果然不同凡响,不仅比中土女人美丽,而且比她们更加天真可爱。

在宝船上所有女人中,麟更关注的,是那个叫做凤梨的疍女。她是随船的歌伎,舞技惊人,在台上风情万种,笑靥迷人,而一旦走下舞台,眼神立刻变得忧伤起来。她喜欢独自靠在坚实的船帮上,面朝大海,长达几个时辰,俨然一座柔软的石像,任凭光影和海风从身上流过。

麟有时会走到她的身后,俯瞰她的长发和后背。凤梨没有理会她的亲近。麟知道,她的眺望就是思念。她曾经告诉一个水手,她有一个恋人,被当作人质关押在泉州府监狱里,而她则生活于那个男人营造的情感监狱,难以自拔。她甚至从不正眼看一下和大人——这宝船上最迷人的男子。

郑和并不介意此事。他对美丽的女人没有兴趣。他专注于航海事务,谋划对途中所经国家的征服。麟知道他是全世界最伟大的征服者,他的舰队拥有船只四十多艘,二万七千名士兵和水手,所到之处,没有任何人胆敢反抗。他们被天神般的庞大船只所震撼，屈从于他们看到的异象，以为来自天国，而和大人则像降世的天神，微笑着下船登岸，会见那些态度谦卑的国王，向他们赠送大明皇帝的礼物——青花瓷器、绫罗绸缎、《烈女传》和大明黄历。其中《烈女传》是供人逗乐的，而黄历则是用来制定农事标准的。

和大人用这些礼物展开贸易，换回朝贡的使节，以及各种地方特产，例如宝石、珍珠、玳瑁、珊瑚树和龙涎香之类。龙涎香的意思，是"用龙的唾液制成的香水"，但其实它只是巨鲸的呕吐物而已，虽然臭气熏天，却可以制成世界上最芬芳的精油，于是它被列入优先采购的清单。

据船上的锦衣卫军官说，朱棣的爱妃琼妃，最喜欢这种呕吐物，她每天都用它涂抹玉体，令其散发出无与伦比的香气。麟后来才知道，她用这种方式征服了皇帝，让他每天都至少昏迷两三个时辰。麟惘然想道，不知自己的呕吐物有没有如此功效。于是她开始羡慕巨鲸了：这是多么伟大的海兽，就连呕吐物都能成为人类的宠爱。跟巨鲸相比，麒麟只是一种帝王美学的摆设而已。

四

永乐十三年仲春
（1415 年 3 月）

麒在宫廷里随意行走，在墙垣和树干上蹭痒，把尿尿撒在他想嘲弄的地点。麒发情的时候，凶器无耻地放大，长达数十尺，令人目瞪口呆。他在园里四处放肆地走动，宫女们痴痴地望着那巨大的家伙，不禁掩口而笑。宦官们很生气，用长竹竿驱赶他，要把他弄回花园。但麒变得性情暴躁起来。他践踏那些花草，撕扯那些树木，撞坏红色栅栏，却没有人胆敢伤害他，因为他是上天派来的神兽。他的生死，就是朝廷的生死。

皇帝在北京和金陵两地办公。他的计划是在原来忽必烈的宫殿旧址上,以中轴线为核心向南扩张,依照金陵故宫的制式,打造世上最豪华巨大的宫殿。数十万工匠和民工在那里日夜兼程,而皇帝本人则随身带着宠妃,统领大军,展开征讨瓦剌的战争,把其他家眷都留在旧都金陵。

皇帝的勤勉给麒留下了深刻的印象。除了征伐北方的蒙古人,他还要营造长城,修建紫禁城,启动皇陵工程,疏通京杭大运河,委派郑和下西洋推动朝贡贸易,编撰卷帙浩繁的《永乐大典》,据说多达二万二千九百三十七卷。为防范失踪的建文帝卷土重来,他还组建特务组织锦衣卫,甚至亲自设计华丽的制服和武器。这些声势浩大的事务，成为皇帝的行政重负。他在帝国的大地上不倦地奔行。

麒不喜欢这座阴森的废都。这里到处都是亡灵，像百姓一样热爱群居，数量巨大。它们喜欢簇拥在两座高墙的夹缝里，那里永远无法被阳光照亮。它们也聚集在寺院、池塘和山谷里，停栖在牛栏、马槽和猪圈的深处。而那些性格奔放的亡灵，有的则飘浮于白昼的街道上，与花轿和马车同行，甚至放肆地追逐那些年轻的缠足姑娘，掀起她们的头巾与裙子，让她们在尖叫中斯文扫地。

但亡灵的最大聚集地还是宫廷，因为本朝的皇帝杀人如麻。建文四年（1402年），今上夺取了亲侄子的皇位，将宫人、女官、太监杀戮殆尽，一万四千多人化为幽灵。每块地砖下面,都有一堆宦官和侍卫的亡灵,像蚯蚓那样扭成一团。它们喜欢在月亮升起的黑夜里舒展开来,穿过砖缝,爬行在长满青苔的路面上,晒着毫无温度的月光。有的亡灵长得更像老鼠,它们由宫女变化而来,成群结队地在下水道里游行,继而爬上后宫的屋梁,像生前那样低吟浅唱,吱吱吱的叫声令人心惊。

麒喜欢深夜里在太祖的旧宫附近散步。据说开国皇帝朱元璋就死在这里,眼下已经无人居住,所以成了宫内幽灵集结的广场。它们分裂成三个派系:一个派系日夜啼哭,被称为哭派;另一派系则喜欢赞美,被称为赞派;第三个派系为数稀少,那就是怨派,它们绝不哭泣,一言不发,却满含怨气和仇恨,热衷于控诉皇帝的罪行。

泣鬼们大多围绕在太祖皇帝幽灵的四周，以便寻求他的庇佑。麒夜间走过西宫时，还能听到幽怨的泣声，那是哭派在含蓄地抗议今上的暴力。麒知道，人类是宇宙中最擅长自我残杀的生物。人类将进化的全部智力都用于这种残杀，他们藉此证明自身的存在。杀戮是人类最本能的欲望，而宫廷是这欲望的最大源泉。它向人民做出了最高示范。

麒宁可倾听御花园里的蟾蜍叫声，低沉、缓慢、从容不迫。那是一种身患重症皮炎的跳行动物，但在中国却饱受尊敬，因为它们的最高领袖住在月球上，代表生命中永生和吉祥的力量。每当皓月当空，麒就会听见蟾蜍仰天鸣叫，向月亮上的阴影致敬。

但太子告诉他，蟾蜍只是人类看到的假象。在月宫里，蟾蜍王是跟他一样的人形王子，他脱卸了蟾蜍的丑陋皮肤，拥抱自己的妻子嫦娥，在自己的流放者家园自娱自乐。他们的宫殿高大、明亮，寒凉似水，而在花园的中心，长有一棵巨大的月桂树，由园丁吴刚负责看管。因为桂枝长得太快，他必须日夜修剪枝叶，不得有丝毫懈怠。

麒仰望星空的时候，总是会想到自己的妻子麟。他想她一定还在草原的中心地带，像王后那样体态雍容地奔行，跟金合欢树交谈，缅怀她从前的丈夫。但她终究会有新的长脖子丈夫。她是如此美丽，超越了雌性人类的典范嫦娥。她是无与伦比的草原女王。

从太祖开始，皇帝的女眷就不许走出后宫一步。

她们是一些可怜的囚徒，彼此防范、竞争和陷害。后宫政治游戏每天都在热烈地上演，而麒在高瞻远瞩地静观。他从每一扇窗扉前踱过，眺望后宫的各种事变，对每个居民都了如指掌。他倾听他们的心语，阅读他们的举止，辨识他们的言谈，甚至窥视他们的性事，收集他们的全部秘密。只花了三个月时间，麒就成为后宫政治的最高知情者。但他是永远沉默的，他观而不语，大智若愚。

皇后生前居住的坤宁宫，在行使过多次驱鬼仪式之后，变得比较清静。麒喜欢在那一带行走。遥看徐皇后亡灵的身影，她像生前一样起居，对着镜子化妆，用脂粉逐一抹去脸上的皱纹，又让侍女拔去夹杂在青丝里的白发，形单影只。剩下的时间，留给了三只巴儿狗和两只波斯猫。她跟它们亲热,用前朝皇帝的名字呼唤它们,其中一只狗叫忽必烈,另一只则叫窝阔台。它们喜欢抱着皇后的脚足,把精液射在她的裙摆上。而她满含喜悦,赞叹元朝皇帝们的淫乱能力。

省躬殿和乾清宫是今上的住所。朱棣从北方征伐回宫时,大多在这里居住,与妃子们轮番亲热。他既要满足爱妃的性欲,又要完成造人的使命,也就是制造更多的皇子。她们是他的子宫机器,而他是播种小孩的神器,虽然力不从心,仍要勉力而为。道士李丹阳进献的壮阳红丸,是点燃宫廷性欲的圣药。朱棣不惜服用这种声名狼藉的红丸,为了帝国能延续千秋万代。年逾五十五岁的篡位者,摆出了征战和搏击的姿态。

小太监们在一旁小心翼翼地伺候，替皇帝清洗下身，穿衣戴帽，抹除滴落在床褥上的秽物。这些小太监不仅被去势，还被割走了舌头。他们是上下都很沉默的一族，对皇帝的床帏秘事缄口不语。他们还负责把受精的妃子逐一背回西宫别院，让她们肚子里的胚胎茁壮成长。他们迈着沉重的碎步，穿过描金朱漆的楠木长廊，去安顿皇帝千辛万苦种下的帝国希望。

　　一个叫做月妃的女人，已经为皇帝生了五个儿子，其中还有一对是孪生兄弟。朱棣为此给予她很大的关注。他派了九个御医、十八个御厨和三十二名宦官，悉心服侍和监视月妃，以免她会偷吃什么药飞到月亮上去。

　　还有一位星妃，姿色美丽，却生下一个脸上长满肉葡萄的怪胎，星妃生怕被皇帝降罪，就命令宫人把婴儿活埋在内花园的柏树下。但皇帝得到告发者的检举，勃然大怒，以为她蓄谋杀死自己的儿子，于是下令逮捕星妃，用乱刀把她剁成肉酱，跟挖出的死婴一起，由御厨烹制成肉羹，逼迫她父母分食。他们含着眼泪咽下了女儿的肉身，然后双双吊死在柔仪殿的大梁上。皇帝就这样坚定地捍卫着宫廷繁殖的权力，不许任何人染指和毁坏。

但到了麒入宫的年份，皇帝因红汞中毒，双手开始剧烈颤抖，牙齿也有脱落，有时说话都吐字不清，还出现了间歇性阳痿，太医们对此束手无策。皇帝非常恼火，他连续杀了上百个御医和民间名医，仍然无法令自己持续地雄起。他只能承认这个悲哀的事实，每日饮服解毒药汤,耐心地等待古方发生效用。但他从此仇恨一切胆敢占有他女人的男人。

他把这种仇恨转向了鞑靼和瓦剌。他征伐那些蒙古草原勇士,用新式火器把他们驱赶到北方的荒漠。每一次征伐,都是一次针对男人的大规模杀戮。他收割战俘的头颅和阳具,犹如农夫在收割山坡上的野麦。麒悲哀地想,人类为什么会对同类的器官乐此不疲?他无法回答这个问题。就连那些宦官们都无法给出答案。

麒的长处在于他能够跟所有亡灵和平共处。现在它们有了一个新去处,那就是他的头颅和脖子。它们密集地栖居其上,犹如无数东非草原上的舌蝇,当它们的数量增至成千上万时,重量就在累积中显现出来。

麒觉得头颅沉重，脖子被拽向大地。他突然有了一种嗜睡的感觉。

这是典型的非洲嗜睡症的症状。但他懂得，这不是舌蝇叮咬的结果，而是幽灵们在催眠。他双膝发软，缓慢地倒卧在草丛里。他于半昏迷之中，听见了亡灵们在耳畔歌唱。它们赞美皇帝的恩典，赞美痛苦的解脱，赞美伟大的死亡。

哦，这是来自赞派的声音。麒努力思考着模糊的现实，并随着这谀辞丰满的歌声，坠入睡梦的深渊。而在麒颓然倒下之后，亡灵们便飞了起来，仿佛是无数受惊的鸟雀，就连月亮都变成了血红色。皇帝从龙床上醒来，看见窗外的血月亮，以为自己犹在噩梦里奔逃。

五

永乐十三年仲春
（1415年3月）

郑和喜欢独自站在高高的舵楼上，眺望大海的地平线、那里的流云、鸥群和鲸鲨。麟知道，他在担忧大地的尽头。郑和向阿拉伯导航员提问，既然大地是方的，那么它一定有个边界，但他无法想象舰队在那里会面对什么处境。阿拉伯人笑道，大地是圆的，很早以前希腊人就发现了这个，但你们中国人却对此一无所知。

和大人也笑了：你们夷人真能扯淡，难道我们航行在一个巨蛋上？天空是一个半蛋形，而大地一定是方的，大明帝国位于大地的中央。这一点可以用我们的铜钱证明。钱的内孔是方的，外缘是圆的，这就是世界的真实图景。我们是唯一掌握宇宙真理的帝国。

使节们没有介入这场可以载入史册的争论。他们眺望着单调无聊的海景，对船上的一切都逐渐丧失兴趣。只有凤梨的歌声能让他们心潮起伏。她的表演是医治无聊症的良药。每个夜晚，她的歌声便会在甲板上浮现，伴随着桐油灯闪烁不定的光线，在桅杆和帆布之间萦绕，消失在麟迎风招展的大耳里。

疍女出身的歌伎，是提供船上娱乐和性服务的主要成员。只有凤梨在马欢的力保下，由郑和特批，无须上床接待那些贵宾。但这项保护令引发了诸多使节的不满。他们窥视和觊觎这个女人的姿色已经很久。面对她优美的舞姿,他们的秘器总是蠢蠢欲动。

台上和台下,凤梨看起来判若两人。在洗去粉黛之后,凤梨还原了人脸的本相。这张脸是苍白而憔悴的,加上身躯瘦弱,胸口扁平,就像一个发育不良的少女。但她的美丽和忧伤的气质,却令马欢无限迷恋。马欢喜欢看她发呆时的表情,觉得她就是海洋女神妈祖的秘密化身。

凤梨生于渔夫的家庭,自幼在船上长大。她的头发被海风吹乱,眉毛却一丝不苟,眼神怅惘,到了空无一物的程度。她对英俊小生马欢视若无睹。她的视线总是越过马欢的身躯,落在他身后很远的天际线上,在那里,天空与海面发生了意义不明的会合。

马欢在凤梨面前背诵马致远的小令,还有姜夔和李商隐的诗歌。语词带着乐律,好像雨点在青苔上跳跃。但女人并不识字,她唯一能识别的是报告鱼汛的风声,以及预示风暴的蘑菇云。是的,她越过诗词,听见了印度洋风暴的遥远啸声。

凤梨从不正眼看马欢。她只是面带哂笑地倾听,仿佛在听一种陌生鸟类的喃语。但麟完全不同,她喜欢人类的韵文。她用大耳采集那些被海风打碎的语词,就像蟾蜍用长舌捕捉飞虫。九宝的亡灵在她的耳朵跳舞,背诵那些最可笑的人类童谣,指望把她的注意力从诗歌那里引开。

和大人对马欢的举止很不以为然。他把马欢叫到身边,以父亲的口吻告诉他,不要跟歌伎过于亲近,这样有失体统。马欢迷惘地看着和大人，不知如何为自己的情感辩解。这两个人都是他的挚爱，一个是他的精神父亲，一个是他的肉身恋人。他想同时占有他们，而不能接受二选一的方式。

他垂下头来，亲吻和大人的手。从他少妇般丰腴的手背上，马欢不仅看到了郑大人的高贵品质，也嗅到了海洋和大地的双重气息。他的心在意乱情迷中剧烈地跳动。他说，大人，我听候您的教诲。和大人轻抚他的头颅，替他整好被海风凌乱了的发髻，语带温存地说，你还过于年轻，没有接触女人的经验。麟听出了他的弦外之音。

麟还记得，就在那个寻常的早晨，三个突厥女人从睡梦中醒来，穿着白色的袍子，像蝴蝶一样飞上甲板，环绕和大人与马欢，发出银铃般的笑声。和大人与马欢被迅速隔开了。和大人苦笑着，眼看自己的男孩被那个伶牙俐齿的女孩带走。而身边的两个女孩，用阿拉伯语跟他调情。他笑道：我听不懂你们的话。两个女人突然用汉语说，我们爱你，我们要嫁给你。她们用刚学会的汉语，向宝船的主人发起猛烈攻势。

麟看见和大人在节节败退。他左支右绌，终于变得愠怒起来，大声呵斥她们无耻，然后拂袖而去。两个女人不知所措，抱头痛哭起来。麟同情地看着受挫的女人，不能理解和大人的反应，因为这完全不符合草原法则。

草原的法则就是爱不能被拒绝，而且爱一定要变成做爱。麟的心脏突然剧痛起来，因为她想起自己的

古事記

麒麟 帝苑

圖二

夫君，想起他华丽的皮毛、粗长的脖子，以及活泼的短尾。他是草原美学的最高典范，就连迷人的花豹、公狮和斑马都望尘莫及。

麟远眺那几艘马船，上面运载着她的草原邻居——狮子、斑马、角马和鸵鸟。它们紧紧尾随着宝船，像小鸭追随母鸭，但甲板上这回却空空荡荡。昔日的邻兽们没有像往常那样在上面露面，惬意地享受摇篮般的晃动。这使她有些不安。不久，她就看见马船上站起一排水手，呜呜地吹起了声音高低不同的螺号，仿佛是在说出一种急迫的螺语。

宝船像是被闪电击中一般，也在螺号声中开始骚动，士兵们在甲板上来回奔跑，而和大人再次出现于舵楼顶部的瞭望台上。指挥哈同报告说，马船上的神兽出现了病变，其中三只鸵鸟和一头狮子已经死去。郑和的神色顿时变得难看起来。他最担忧的事情终于发生了。

和大人带着马欢和侍从们，搭乘小艇前往马船视察。那些医官也从各船会聚而去，试图加以施救，海面上一时变得热闹起来。但一切似乎都为时晚矣。两天以后，鸵鸟和角马死去大半，剩下的也奄奄一息。狮子和斑马被小心翼翼地转移到宝船上，跟麟为伍，由麒麟奴负责照管，而郑和的卫队担任警卫。

麟用响鼻跟它们打了招呼。斑马神经质地在笼子里跳跃，在栏杆上撞出一道道淤青，麒麟奴试图用豆饼让它们安静，但它们置若罔闻。那头雄狮名叫阿比，是专门欺负食草动物的凶徒，但此刻它已失去了威风，头上的鬃毛枯焦而稀疏，无精打采地卧倒在铁笼里，仿佛在等待下一轮死亡的降临。

锦衣卫逮捕了六条马船上的全体人员，在严刑拷打中审案，最终发现这是个事先策划的阴谋。肇事者是几名心怀不满的水手，他们抱怨俸禄太少，而饲养野兽和马匹过于辛苦，并因散布牢骚和谣言而遭到鞭挞。他们于是合谋在食料里投放砒霜，以报复马船上的指挥官。

和大人勃然大怒，他的第四次航行，就是为了带回这些朝贡的使节、土特产和异兽，而它们的集体死亡，令他的本次航行差点遭受灭顶之灾。他下令为神兽举办隆重的葬礼，在掌教哈三的主祭下，它们的尸体被白布裹住，缓缓投入了大海。作为一种向天神的献祭，罪犯们在葬礼中被全身赤裸地绞死，然后分别悬吊在六艘马船的桅杆上，任其在海风和阳光下发臭和腐烂。

麟远眺着那些孤苦伶仃的尸体，它们在桅杆顶部摇晃着，像一些溃烂生蛆的腊肉。夜晚降临时，防风灯升起在桅杆上，微弱的灯光照亮了尸体的局部，令其露出鬼魅般的面容。

这是和大人蓄意制造的恐惧，他要震慑那些胆敢谋反的水手或士兵。郑和的权力现在已经得到证实。他在甲板巡视时，威风凛凛，所有人都能感到一种令人窒息的骇怕。就连马欢也低垂头颅，不敢正视他刀锋般的目光。

但和大人万万没有料到，使节之间为了向凤梨争宠，竟然出现了分化和争斗，并按不同的语种，分为斯瓦西里语、阿拉伯语和突厥语、波斯语和印地语五个派系，彼此间勾心斗角。争端最初源于一张关于凤梨的画像，随后变成各派系之间的绘画比赛，在无法公正地评判优劣之后，各方的争执开始升级。其中最大的派系属于阿拉伯语，它拥有七个邦国的使节。他们威胁其他使节，并纵容自己的侍从大打出手，一个来自古里的使节甚至被打断右腿。宝船安置嘉宾的官厅里出现了严重的混乱。

和大人从舵楼上俯瞰着这一切，决定拿使节的家眷开刀，向他们提出严重的警告。他召集全体贵宾，命人当众鞭挞那三名突厥美女，在她们的两瓣屁股上各刺一个"耻"字。浓黑色的汉字像刺青那样，嚣张地爬行在她们的美臀上,向那些朝贡使团发出严厉的警告。三个女人的惨叫声惊天动地。凤梨跑上前去安慰她们,跟她们哭成一团。马欢则上前安抚凤梨,试图将她带离现场。

和大人为此变得更加愤怒,他用尖利的嗓音当众羞辱凤梨,痛斥她的出身,说她未受教化,不知礼仪,应该被逐下船去。马欢吓得脸色苍白。他朝和大人双膝跪下,替凤梨求情,说是愿与凤梨妹妹同罪。马欢抬起头时,麟看见他满脸是泪。和大人愤怒到了极点,这时反而笑了起来。他下令赦免凤梨,然后独自黯然离去。

和大人登楼回到自己房里。马欢追了过去,在屋外敲门,他却置之不理。越过宽大的窗扉,麟在甲板上不安地来回走动，试图窥视那个被痛苦折磨的男人，读取他灵魂中的密语。麟可以依稀看见，那是三十多年前的事变。那时郑和还是一个童子，在明军征服云南时被俘，押送金陵，喝下大麻汤之后，被刀子匠割下了细如枣核的阳具。

麟无法理解这个古怪的场面。郑和从昏迷中醒来，看见刀子匠向他出示用石灰处理过的宝贝，当着他的面拿油纸仔细包起，放入一只木匣，再用红纸裹住，高高吊起在房梁上。刀子匠露出了职业性的微笑，他安慰说，以后你会像它一样鸿运高升的。郑和望着梁上的红匣，感觉自己的肉身已经死掉。

依据草原法则，对一头公鹿而言，这是最严重的刑罚和伤害，因为它失去了生命的擎天柱。麟看见他的暴怒被记忆重新点燃，开始疯狂砸屋里的器具，那些文房四宝、景德镇花瓶和皇帝御赐的匾额都被击破，甚至两株高达四尺的珊瑚树也化为一堆残片。而后，他瘫倒在椅子上，孩子般地痛哭，仿佛失去了世上最珍贵的事物。而在屋门以外，隔着一层单薄的木板，马欢也在默默地流泪。麟知道，从他们眼里流出的，不是那种咸涩的液体，而是永久和难以言喻的孤独。

六

永乐十三年仲春
（1415年3月）

自从皇帝带着宠妃返回紫禁城，一切都发生了剧烈的变化。在那些灯火通明的日子里，后宫恢复了建文帝时代的繁华景象。

琼妃不仅姿色美艳，而且低眉恭顺，还能歌善舞，又最擅吹箫，她的箫声修改了凄凉的后宫调性，令它充满喜悦，为女眷的幽闭世界注入了活力。那是爱欲在重新释放能量。自从原配许皇后病逝之后，朱棣便开始宠幸这个朝鲜国进贡的妃子，把她视为最怜惜的宝贝。

人们看见皇帝如此宠爱琼妃,便启动了赞美其姿色和才艺的合唱。被封在南昌的宁王朱权撰写诗歌说:忽然间从天外传来玉箫的乐音,我在花丛里边听边走。三十六座宫殿笼含于春色之中,不知哪里的圆月最为明亮。雕满鱿鱼纹的木窗,无法遮挡悠长的寒意;远处海岬的上空,白云和月色都很遥远。宫中漏壶的水面上,映照着沉落的星辰,只有那位美人还在独自练习吹箫……

宫中掌管储藏缎匹的女官王鸾,奉皇帝之命担任琼妃的女伴,跟她同辇而行,面对美艳的皇妃,也禁不住撰写宫词咏叹道:一朵艳丽的琼花,被植入大明的宫廷,美妙的浓香,犹如晚风里的美韵;她让君王停下了步辇，而她吹奏的玉箫，在明亮的月华中响彻夜空。

麒对这些颂辞起初毫无感觉，后来才慢慢体味到它们的微妙。这是帝国的马屁美学，被谱写成动人的曲子，由宫廷乐伎演唱。琵琶、二胡、尺八、月琴、唢呐、铙钹和锣鼓，组成一支杂乱的乐队，高声演绎着赞美的乐章。身材娇小的琼妃偎依在皇帝身边，纤指抚过花白的胡子，停留在他的唇边。嘘——，琼妃悄声耳语道，陛下听见吗？那是太祖爷爷和马皇后在唱歌。朱棣笑道，你这只小狐狸精，当心他们半夜钻进你的被子。琼妃假装露出无限惊惧的表情。皇帝哈哈大笑，手捧爱妃的小脸，狂吻起来。琼妃满脸羞怯，开始为皇帝吹箫。她的技艺征服了帝国的最高领袖，让他战胜萎谢，在龙床上死去活来。

琼妃对后花园里的新居民非常好奇。她登上南山阁的露台，从那里抚摸麒的脖子，啧啧赞叹它的粗大和坚硬，觉得那是鹿和生殖器官的完美组合。她的眼神里充满惊异和情色，就连瞳孔都在放大，犹如看见了世间最雄壮的男人。麒也惊叹于她的玉手如此之小，又如此柔软，肌肤细嫩，仿佛五岁的女童。他们彼此迷恋，就像邂逅了前世的恋人。

琼妃的到场，改变了后宫的幽怨本性，令它的律动变得紧张起来。一些原先躲藏在黑暗里的事物，渐渐浮出了水面。麒无所事事，在后宫到处走动，卷入更多的野史场景。他看见诸宫的争宠、算计和暗斗，后党、宦官和宫人都在忙碌，得宠的得意洋洋，失宠的无限怨恨。在喜悦的表层之下,竟是无比激烈的战事。

只有皇孙的居所是恬静的。那里有几株汉代的桧柏、腊梅和海棠,以及一座被废弃的枯井。碗盏大的茶花已经怒放,香气在庭院里放肆地滚动。皇孙受侍读老师的逼迫,努力记诵四书五经,又研习资治通鉴。老师跟他谈论宦官政治的丑恶,刻意培养他对阉人和后党的恶意。皇孙很恭顺地接受了教诲。他一只眼睛望着徘徊于窗外树丛的麒,另一只眼睛盯着老师的长指甲。那指甲像刀一样划过纸面,在圣贤的书页上留下肮脏的刻痕。

皇孙的唯一乐趣,来自一个侏儒弄臣的表演,他身高只有三尺,穿着华丽的锦服,头戴一顶滑稽的绣花小圆帽,上面插着两根山鸡的尾羽。他每天都要演出宫里的八卦,嘲弄宦官跟宫女的私情。这天他来到皇孙的书房,以天才的演技,模拟了尚膳监宦官刘三跟裁缝王宫人的丑闻,详述刘三用胡萝卜为王宫人解忧的下流细节。小侏儒用尖细的嗓音,模仿刘三和王宫人的对话,神情和语气都达到酷肖的程度。

皇孙先是哈哈大笑,随即便生气起来,说是太祖当年曾经严令,宦官与宫女不得擅自配对成为"菜户",犯事者要处以剥皮的刑罚,不料今上仁慈,放纵了宦官的恶行。

皇孙开始疏远那些违禁的宦官,甚至对一切跟宦官有关的事物都敬而远之。麒就这样迅速失宠了。皇孙没有兑现他向皇帝做出的承诺,下令把麒从书院四周赶开,说是再也不想见到这个长脖子怪物。麒起初感到非常伤心,但随后就被琼妃抚平了创伤。

麒完全不能理解皇孙的偏见。皇帝大部分时间在北方征战,剩余的时间在北京办公,居住金陵的时间每年不足百日,几百名后妃和宫女都在独守空房。她们从十六岁等到了四十岁,皱纹和白发渐渐爬上额头。盼望变成幽怨。她们的唯一出路,是那些职务卑微的阉人。他们用最琐碎的工作,支撑了宫廷内务的运营,却因阳具残缺而饱受歧视。

麒后来从人群中认出了那个两鬓发白的刘三,他是尚膳监下级宦官,负责菜市场的采买。他会抽空把厨房的剩菜和糕点,偷着送给自己心爱的女菜户。而王宫人喜悦地接受了他的供养。她亲吻他早衰的脸颊,替他拂去额头的汗珠,刘三则急切地抚摸她硕大的乳房,犹如一头饿了很久的老狼。王宫人咯咯笑着推开了他的手爪。刘三说,晚上给你带瓦罐鸡汤,还有夫子庙的小笼汤包,那是你最爱的美食。王宫人望着他佝偻的背影,偷偷抹掉了眼角的泪水。

越过长满枯草的琉璃瓦屋顶,麒在偷窥这庸常而动人的后宫风情。麒知道,王宫人是幸运的,她至少能选择阉人。嫔妃才是后宫里最绝望的一族。如果皇帝将其遗忘,她就只能独守空房,直到老死。而皇帝的焦点,通常只落在几个嫔妃身上。他有限的恩泽,无力覆盖那么多女人。大多数遭冷遇的妃子,不是忧郁成疾,很快就一命呜呼,便是成为精神分裂的疯子,沦为八卦故事里的悲剧角色。

后宫里最著名的女疯子，是那个"鞑靼女王"，一位朱棣在征战中俘获的鞑靼首领的幼女，但因身上有浓烈的狐臭，被皇帝遗弃在后宫。她可以成为别人的战俘和性奴，却无法面对被冷落的现实，便很快陷入疯狂状态，自称"鞑靼女王"，统治着整个大明王朝。司礼监要割掉她的舌头，却被琼妃阻止。她说，由她去吧，这可怜的女人。她于是保住了自由发声的权利。

失心疯的"鞑靼女王"，住在最偏远的院落，她每天都幽灵般出没于厅堂、走廊和阁楼之间，仿佛旅行在自己的家园。她的歌声时而婉转，时而尖亢，都是蒙古人的长调牧歌。从她的嘴里流出草原的乡愁。她像一位马上的骑士，眼望茫茫大地，唱出悠缓绵长的情愫，触动了麒内心最脆弱的部分。

鼓楼敲击三更的鼓声时,麒看见她骑在长条板凳上,颈上挂着蓝色的汗巾,身子在起伏颠簸,颧骨高耸,两眼空茫。有两名宫女在一旁提灯看守。麒知道,她的灵魂早已狂乱地离去,但肉身还在不懈地坚守。这肉身紧紧抓住大地上最后一片木料,以撕心裂肺的歌声,去召回骑马逃走的灵魂。她在板凳上奋勇前进,右手高高举起,托着那团看不见的炽热火焰。

麒无法抵御这草原的天籁。他跪下了自己的长腿,开始膜拜他的女神。眼泪流淌下来,缓慢地走过他的长脸。在帝国的漫漫长夜,泪珠的旅行似乎没有尽头。

但鞑靼女人的歌声,终究是一种不祥的预兆。琼妃突然病了。她吃过御膳房送来的新疆贡品——葡萄干、哈密瓜干和无花果干,然后开始腹痛,继而猛烈地呕吐和腹泻，很快就不省人事。

御医诊断是中了西域的邪气，开出的药引子有些奇特，说是要找出神鹿刚长出的新角，以及天马的左侧后蹄，这两样奇物，无论宫廷和民间都无法觅得。虽然郑和会创造奇迹，但他的远洋舰队还在海上，离预定的返航日期尚有时日，一切都是鞭长莫及。朱棣勃然大怒，杀掉了进贡干果的哈密王的使节，还有主管尚膳监的太监，却无法阻止病情的恶化。

琼妃像怒放后的琼花那样枯萎下去，她的皮肤一夜间出现大量褶皱，犹如一个七十岁的老妪，形容枯槁，几近骷髅。午夜时分，她突然开腔说话了，声音细若游丝：我要走了，太祖爷爷和太祖奶奶来叫我了。朱棣脸色剧变，他紧握琼妃的小手，眼看她急促的呼吸逐渐慢下来，终止在皇帝的啜泣声中。

琼妃的病故沉重打击了朱棣。他陡然变得苍老起来，一夜之间，须发尽白。他甚至没有出席琼妃的葬礼。他害怕看见那朵不忍直视的残花的遗容。琼妃下葬在后花园时，皇帝躲在寝宫里，把脸颊埋进自己冰冷的手掌。麒心情复杂地望着受挫的皇帝，他知道，皇帝就是死神，他主宰人民的命运，并制造了成千上万人的死亡，但如今，死亡却像回旋镖一样返回自身，褫夺了爱妃的性命。对这位帝国的死神而言，死亡已经失控。

七

永乐十三年暮春
（1415年4月）

伟大的航行正在走向高潮。避过由东向西的洋流，利用西南季风，和大人快速接近了南亚诸岛。镇压已经起作用了，宝船上恢复了秩序。绞刑、鞭挞和刺字震慑了全体成员，他们由此获得一个深刻的印象——和大人的意志是不可违抗的。

大多数小太监无法适应这种漫长的海洋生涯，他们在颠簸中接二连三地死去，会入九宝的幽灵团队，而面对司空见惯的死亡，和大人的神经也变得坚硬起来。他收起眼泪,露出刚毅冷漠的表情。只是非洲狮子在恢复健康后,开始有些躁狂,它竖起鬃毛,不断发出吼声,似乎在召唤已经死去的伴侣,而人类和大海对此都装聋作哑。

女神麟在竭力安慰她的老乡。她平静地望着雄狮,不动声色,用眼神告诉它,这只是一次普通的长途旅行而已。狮子的鬃毛和心情逐渐平复了,脸上露出尴尬的表情。它坐卧下来,轻摇尾巴,假装在驱赶看不见的草原舌蝇。

越过绿色的海洋和蓝色的天空,麟瞥见了印度洋上最后一座大岛的侧影。它被高大的棕榈和椰树所环抱,河流波平似镜,而群山绵亘如画。麟变得喜悦起来,她知道豆饼季已经结束,鲜叶季即将开始,她被对美食的憧憬所激动，不断刨着蹄子。干草和尘土飞扬起来，地板被蹬得咚咚直响，就寝的值班士兵被吵醒了，开始大声抗议，就连狮子都对此感到诧异。

在军队登岸布局之后，和大人携带马欢走下了宝船。麟被套上绳索，在麒麟奴的护卫下，也获得了上岸散步的权利。她知道这是一种来自和大人的特许。她开始自由走动，品尝那些沿岸大树上的叶子，觉得颇具异国风味。她的心情变得越来越好。

后来她才知道，这里是苏门答腊，郑和大人下西洋的必经要道，国王向大明帝国进贡，已经有好些年头了。年轻的国王亲自率众到渔村迎接，郑和向他赠送了丝绸、瓷器和铜钱，还有一尊释迦牟尼的铜像。国王喜悦而恭顺地接受了帝国的赏赐。

麟在很久以后才知道，和大人向那些"番国"赠送了大量皇帝的礼物，目的是为了引诱他们派出使节，向大明帝国完成"朝贡"的使命。这是一种古怪的政治贸易，它完全违反自然贸易法则。因为帝国的赏赐，远远多于各国的进贡。在和大人的礼物名单里，有铜钱、瓷器（景德镇）、烧珠、丝绸（生丝和绸缎）、苎丝、花绢、绫绡、漆器、铁器（农具和炊具）、铜器、金银器、雨伞、帛布、麝香、樟脑、大黄、肉桂、茶叶、米、谷、大豆和书籍，等等。

舰队的领袖及其使节们，被安置在十里地外的王城行馆里。那是一些低矮的建筑，以槟榔木和椰子树为基材，用藤蔓捆绑而成，覆盖着深色的棕皮纤维，四周还悬挂带有符咒的面具木雕。所有成员都长吁一口气，因为他们终于踏上平静的大地，而麟依然沉浸于持续的晃动之中，仿佛还在船上继续颠簸。这种幻觉持续了好几天，直到战争爆发为止。

一支叛军突然包围了王城，上万名手持竹枪和弓箭的士兵，发出震耳欲聋的呐喊。一封战书被箭矢射入坚实的栅栏，上面的意思是说，大明帝国不应把赏赐送给弑君者，而应承认渔翁国王的合法性。当今的国王是个阴险的篡位者，帝国的使节必须纠正错误，改弦易辙。叛军躲在树丛里，但他们的竹制长枪，却密集地刺向蔚蓝色的天空。

马欢在向当地人调查后告诉和大人，事情的内幕极为复杂。昔日老国王跟邻国花面王作战，身中毒箭而亡。王后召集民众宣布说，谁能为我报仇，我就以身相许，跟他一起统治国事。这时有一位勇敢的渔翁挺身而出，率领众人攻打邻国，砍下了对方国王的头颅，这样就成了苏门答腊的国王。

老王的儿子长大后，不满母亲将王位奉送他人，于是发动宫廷政变，杀掉渔翁国王，夺回了他的宝座。而老王的弟弟苏干剌逃往百里以外的深山，建立起抵抗武装，联合昔日的仇敌"花面人"，跟年轻的国王分庭抗礼。此刻围攻王城的，正是老王的弟弟苏干剌，他在为他死难的兄弟复仇。

郑和意识到自己犯了巨大的错误，因为当今的国王，才是真正的篡位者，却被他误认为正统。但他此刻只能沿着这错路继续前行，无法后退，因为他要面对皇帝的问责。他的海军陆战队有两千人，国王的卫队仅有千人，都是未经训练的农夫。与此相反，苏干刺的叛军人数多达一万，双方兵力悬殊。郑和想要上船搬取火器，但通往港口的道路，已被苏干刺的士兵切断。和大人一时无计可施。

麟在麒麟奴的伴随下，在潮湿的热带雨林里散步，巡视那些野生椰树、棕榈、栎树、栗树和橡胶树，被那些新奇的植物所环绕；低矮处还可以见到香桃木、竹子、杜鹃、兰花和大王花；而在树丛间奔行穿梭的，是红毛猩猩、长臂猿、树鼩、狐猴、马来貘、灵猫、犀牛和野猪。这些动物跟非洲草原截然不同，它们惊慌地望着这个巨大的不速之客，有些不知所措。

麟走到雨林的深处，正要沿着来路返回，却遇到了试图偷袭王城的酋兵。那些士兵由"花面人"组成，腰上挂着树叶和布条，脸部和身上刺满各种绿色和黑色的图纹。他们弓腰匍匐前行，乍一看好像集体出猎的豹群。但麟的出现令他们大吃一惊，以为看见了天神。他们战栗起来，丢弃竹枪，双膝跪在地上，把头颅放进腐叶和泥土里，向她行最恭顺的大礼。麟温和地俯瞰他们，仿佛看着自己的臣民。

麟在大树间从容不迫地行走，撒下几十公斤重的粪便，姿态雍容，表情高傲。但巨大的秽物弄出很大的声响，令低首行礼的"花面人"受惊，开始从树林里溃退，而他们的逃跑影响了其他队伍。那些指挥官不知发生了什么重大变故，下令向后撤退，由此形成逃跑大势。上万队伍溃不成军。苏干剌阻止未遂，只好被军队裹挟，狼狈地逃往他乡。

和大人不知究竟发生了什么。他迟疑了一下，决定抓住这个良机。他下令乘胜追击，一直追到南渤利国的边境，苏干剌被宽阔而湍急的河流拦住，只好束手就擒。大明水师将其羁押在囚车里运回王城，数日之后，在一个隆重的献祭仪式上，把他绞死在高大的乌木架上，然后把尸身千刀万剐，喂给那些饥饿的猫科动物。

劫后重生的国王，在劲敌被除去之后，向人民宣告了大赦的决定。叛乱者只要归降，就能得到一份土地。他还向和大人赠送了大量象牙、犀牛角、虎皮、苎麻、胡椒和檀香木，货仓里堆满用来当作饮料的椰子，以及芭蕉、甘蔗和菠萝蜜等水果；国王的使节跟这些贡物一起登船，准备前往北京出席朝贡圣典。

和大人向国王介绍了麟——这个成功退敌的神兽,脸上洋溢着喜悦的光辉。他告诉国王,要是没有神兽的帮助,"花面人"将以偷袭的方式解决国王,但麟以高大的体量吓退了叛军。和大人知道,麟义无反顾地站在他这边。麟就是他最伟大的守护神。

和大人站在国王会见人民的那座高台上,再次仔细抚摸麟的脖子,麟知道,和大人在说出某种重要的言语。马欢也在台下痴迷望着郑和,犹如在仰望伟大的父亲。他在战斗中丢失了帽冠,散乱而柔软的头发在海风中飘扬,像一面英俊的旗帜。

和大人对国王说,我还有件礼物要赠送给你。他命人带来三个突厥女人,把她们交到国王手里。和大人说,这是全世界最美丽的女人,她们会为你生下无数个儿子，继承你的王国，免得将来发生什么变故。年轻的国王喜出望外，他痴迷地牵着三个新妃的玉手，口水从嘴边一直流到了脖子。

马欢在人群中看见了凤梨，她没有参加战斗，只是摘了一朵红花戴在头上，面色恬淡地望着狂欢的民众——男人头缠白布，腰围折布，女人则盘着椎髻，上身裸露，腰间围着染色的布巾。

马欢逆行穿过人流，来到凤梨面前，忍不住赞美她说，你真美，你就像苏门答腊女王。凤梨忧伤地笑了。这是她听到过的最蹩脚的恭维。她望着年轻的通译官，柔情突然像水一般从眼里涌出。马欢也痴迷了，他凝视凤梨，突然张口结舌，陷入失语状态。两人就这么呆呆地站着，仿佛与喧嚣的尘世完全隔绝。九宝的亡灵轻盈地飞来,落在他的肩头,朝女人扮着她根本看不见的鬼脸。

正在走下高台的和大人看见这个场景,脸上的笑容突然变得僵硬起来。他对身边的指挥哈同说,我怎么会忘掉这个女人呢?航行即将结束,她的使命已经完成,而她在船上一天,就骚扰我的队伍,动摇我的军心,是可忍,孰不可忍。他于是下令立即逮捕凤梨。

士兵们手持大刀,强行把凤梨从马欢面前带走。麟意外地望着这场变故。和大人当众宣布她的罪行,说她不能恪守妇道,蛊惑人心,毁坏帝国妇女形象,必须加以处死。马欢突然失态了,他在众人面前跪在地上,一言不发,放声大哭。和大人心如刀绞地望着

古事記　麒麟　幽靈　圖三

这不争气的孩子，只得更改命令说，留下她的性命，但在下一站满剌加将其放逐，让她跟土人结婚生子去。说罢，不看马欢一眼，拂袖而去。

宝船起锚驶离了海岸。和大人站在舵楼上，目送远去的岛屿风景，仍然没有从刚才的震怒中平息。马欢站在他身后，像一片树叶那样孤苦无助。和大人竭力用平缓的语气说，女人是世上最大的祸害，你要学会远离。马欢无言以对。麟在期待他们的和解，她知道，他们彼此都失去正确表达的途径。他们陷入了难以破解的僵局。

凤梨这时也爬上了舵楼。她大口喘气，细弱的身子在强劲的海风里战栗，仿佛随时都会被吹走。她目不斜视，幽灵般从两个男人身边走过，艰难地翻过船帮，向墨绿色的大海纵身一跃。马欢发出一声惊叫，昏倒在和大人有力的臂弯里。

八

永乐十三年五月仲夏
（1415 年 6 月）

琼妃谢世后，皇帝一直陷于巨大的孤独之中。几天前午门发生火灾，被视为非常不吉利的兆头。朱棣批阅各地官员的题本，发现其间也充满令人不安的凶兆。例如慈溪茅家浦这个地方，从地缝里涌出血水，像木盆这么大，高达三四尺，溅到船帮，船也会冒血，溅到行人脚上，人脚也会随之流血；肇庆百姓王家，庭院里的地砖缝里突然喷出血水，样子就像济南的趵突泉；广东海丰地区月前也发生血雨，整座县城都被血水染红，当地百姓一片惊慌，以为天下行将大乱。

朱棣决定实施大赦，宽恕那些犯罪的将官和士兵。这个善念出现的时候，麒看见乾清宫内射出不可思议的光芒，仿佛是一道来自虚空的佛光。喜悦的皇帝一时兴起，召集那些久未谋面的嫔妃们，用丰盛的酒宴招待她们，而皇帝的女人们则云集在龙椅四周，花团锦簇，粉香袭人。

皇帝许久没有如此开心了。他跟嫔妃们一起斗酒，放肆地评论每个女人的性器优劣。掌管鲜花的女官金氏，吸引了皇帝的视线。皇帝把她叫到身边，跟她促膝谈心，把酒气十足的舌头伸进她的嘴里。金氏咯咯笑了起来，仿佛皇帝搔到了她的痒处。

金氏说她是琼妃的闺蜜，朝鲜富商的女儿，他们都来自平壤。这勾起了皇帝稀有的柔情。女人笑颜如花地跟他耳语,把胸前的幽香送进皇帝的鼻子,顺便还八卦了一下琼妃的死因,说她其实不是病死,而是中了砒霜之毒,而下毒的就是吕妃——一名被皇帝冷落了很久的旧妃,是她串通负责送膳的宦官,又勾结银匠,在银器表面涂上一层药物,令其无法测出砒毒。

皇帝听罢肝胆俱裂,当庭大叫一声,气得浑身发抖。整座大殿突然陷于一片死寂。他宣召锦衣卫指挥使纪纲,要他负责查办琼妃谋杀案。麒看见那个叫做纪纲的特务首脑,乘坐步辇进了皇宫,颧骨高耸,脸色阴鸷,身穿墨绿色的华袍,仿佛是一个藏匿利刃的华丽刀鞘。麒知道,这件皇帝的贴身兵器,即将凌厉出鞘。

在领受圣旨之后，纪纲随即从城外兵营调入三千锦衣卫入宫，逮捕并凌迟处死了下毒的宦官和银匠，继而将杀戮扩大到整个后宫，短短十多天里，先后斩杀四百名有牵连的宫女和宦官。死者的档案经仔细誊抄，做成精美的卷宗，送给皇帝圈阅。

皇帝沉浸于对后宫的狂热清算之中，死人的名字已经堆满整个御书房。皇帝查看罪犯的供述细节，看是否还需要扩大战果，把杀戮延伸到她们的宗族。那些遴选于全国各地的美女，一旦株连九族，将被全部杀灭。他在卷宗上圈阅和批注，用朱砂写上"杀全家"三个字，心中洋溢着嗜血的狂喜。

至于吕妃，皇帝决定每天用烙铁伺候，看她还有没有在前后宫里的同党。受刑的女人发出凄厉的惨叫，而皇帝则坐在龙椅上满意地倾听。一个月后，吕妃全身溃烂腐败而死，她的尸体被锦衣卫从牢房里拉走。麒看见那尸体被粗暴地拖着，在石板地上留下肮脏的痕迹，从空无一物的眼眶里，爬出了白色的蛆虫。

这天正好是五月丁酉日，正午时分，天空上发生日全食，一时天昏地暗，后宫陷入了一片恐慌。麒在草原上见过这种场景，他镇定自若，继续在后宫里行走和张望。但锦衣卫已经全体拔刀在手，随时准备刺向看不见的敌人。

就在这短暂的时辰里，皇帝的新宠妃王氏竟然离奇暴毙。王氏不会吹箫，但擅长女工。死时四周没有侍女。她独自坐在绣架前，指若兰花，轻捻细针，保持一个绣花的优雅姿态，脸上犹自带着即将被册立皇后的喜悦,仿佛被速冻在时间的冰层里。

锦衣卫反复勘查,没有发现任何谋杀的迹象。但朱棣拒绝相信这个结论,他对爱妃之死充满疑虑,觉得那是针对他的最新阴谋。他下令将那些擅离职守的侍女们,全体活埋于长陵的墓穴里,替他的爱妃殉葬。她们被绫子紧密地包裹起来,放置于王氏棺椁的四周,然后在令人窒息的黑暗里睡去。

这天清晨,皇帝意外地跟麒一起醒来,但他没有唤侍女,而是自己起身走到屋外,想独自去后花园散步,却听见几名侍女在晨光里闲聊,说那位曾经告发吕氏的金氏,与宦者私通,甚至组成名为"菜户"的家庭,彼此恩爱,难舍难分。侍女们一边议论,一边露出惊羡的表情。

皇帝听罢勃然大怒。宫廷的淫乱竟然到了这种地步，真是令人匪夷所思。麒见他保持了继续偷听的姿势，没有惊动那些侍女，就这样连续听了三日，终于弄清了事情的真相。皇帝发现，许多宫人已跟宦官结为夫妻，新式家庭遍及整个后宫，就连他的贴身侍女，都打算找贴身宦官"成亲"，体验一下那种被太祖严令禁止的"乐子"。而皇帝本人就像弱智的傻瓜，对这场后宫革命一无所知。

皇帝忍住怒气，派人传口旨给金氏，指责她辜负了自己的期待。金氏无言以对，当晚就找出一根麻绳，写下悔罪的遗言，然后自缢在楠木梁上。她的两名侍女也陪着一起上了西天。次日皇帝派人前去捉拿，发现她已擅自逃往西天，不禁勃然大怒，认为这种未经恩准的自杀,是对皇帝的最大蔑视,于是下令拘捕跟金氏亲近的所有宫婢,并亲自审讯她们,看看是否还有其他不可告人的阴谋。他还叫画师绘出一张漫画,描述金氏与宦官拥抱亲吻的偷情场景,在后宫四处张贴,试图羞辱那些不伦之徒。

宫婢们无法忍受酷刑,只好依照锦衣卫的指点胡乱招供,声称后宫有人要谋害皇帝,这一供词再次唤醒了他的杀戮本性。这些女人竟然胆敢背叛他,跟那些不男不女的宦者苟且,实在是令人发指的罪行。锦衣卫在他的授意下大动干戈,大批宫女和宦官被逮捕,屈打成招,形成冤狱的多米诺骨牌,最后在严刑拷打中承认"谋逆"的宫女,竟达三千人之多,是整个后宫的八成。王宫人也不能幸免。但刘三和宦官们却因皇帝网开一面，得以逃脱死罪。皇帝及其家族，仍然需要奴才伺候，要是全部杀光，他们的起居生活将完全瘫痪。

朱棣下令把那些美女全部凌迟处死。他亲临刑场，监督锦衣卫执行。在他们杀得手软时，甚至还亲自操刀，一边痛斥美人的罪恶，一边生剐她们的肉身，从嘴唇或乳房开始，一片一片切下，丢进正在沸腾的大锅，还在羹汤里投放大葱、洋葱和胡椒，宣称那是"美人胡辣汤"，逼迫那些跟她们结亲的宦官吃下。刘三蹲在地上，喝着王宫人的血肉，放声大哭。

荒诞的盛宴持续了两个多月，整个应天府都在腥风血雨之中。天气日益炎热起来，每天午夜之后，几十辆草席覆盖的大板车走出后宫侧门，其上堆满发臭的尸体。每辆车的旗幡上，都高悬着山羊的头颅，意在暗示这是新鲜宰杀的羊肉。大车淌着鲜血穿过闹市，悄然驶入紫金山麓的秘密坟场。尸体将在那里被埋藏起来，而留在大街上的血迹，则被江南的梅雨所清洗，变得杳无踪迹。

永乐十三年七月初八，借着黑潮和东南信风，郑和舰队胜利抵达刘家港。各国使节和大批物资，转驳到那些平底沙船上，再转运至扬子江对岸的城内库房。

外国使节抵达的消息，被火速呈报到了宫内。但皇帝忙于消灭自己身边的危险敌人，下令推迟朝贡盛典的日期，因为他要把屠杀进行到底。麒终于懂得，这种杀戮的本性源于太祖朱元璋。皇帝自幼就浸泡在尸堆和血泊里，那是他茁壮成长的摇篮。杀戮带来了无与伦比的权力快感。没有杀戮就无法雄起。现在，他终于可以吞下壮阳的丹药，重新搂着妃子上床了。

麒无法容忍皇帝无休止的屠杀，他召集全体亡灵，包括泣派、赞派和怨派，在后宫举行盛大的游行。亡灵们肆无忌惮地涌入皇帝的寝宫，占据他柔软的床帏。在他的枕衾、帐幔、香炉和灯盏上，到处爬满表情愁苦的幽灵。他们的怨气吹倒天子床头的灯头，点燃了寝宫屋角的帐幔。

大火就这样熊熊燃烧起来，救火的水车敲着铜铃包围了整座屋子。朱棣从床上跳起，看见了生气的佛陀的巨大身影。他的心剧烈地绞痛起来，以为那是来自神明的严重警告。他被宦官们架着逃出屋去，只烤焦了几根头发，但妃子却跟三座大殿一起烧成了焦炭。皇帝为此饱受惊吓，第二天他叫来纪纲，下令立即停止杀戮，赦免所有在审的犯人，把她们割掉舌头，统统逐出宫去。他还下令修订历史记录，将他的行藏改到漠北战场。

屠杀终于被麒制造的神迹阻止了，但后宫已经变得人迹罕至，门可罗雀。一种可怕的死寂，蔓延在整个宫廷，就连风里都弥漫着浓重的血腥气味。每到夜晚，皇帝的寝宫四周就会响起箫声，若有若无，袅袅不绝，那是琼妃生前留在深宫的余韵。

麒目不转睛地凝视着表情颓丧的皇帝。当年，基于一种征服和占有的狂热，这位君王秉承父志，开始启动权力的游戏。从夺取建文帝的皇位开始，几十万人死于非命；执政后又诛灭方孝孺十族873人，宫廷屠杀始终没有停歇，长达数十年之久，就连他本人都感到无限疲惫。对他而言，收集死人和收集女人是完全同构的，杀戮的快感犹如射精，尽管高潮汹涌，却极其短暂，而在每次屠杀之后，是更大的空虚，必须靠另一次屠杀填补。皇帝就此朝着最大数量的死亡经验奋进，开创帝国的伟大面貌。但在权力宝座的顶端，他依然一无所有。

冷酷的皇帝抱着枕衾，躺在世界的尽头，独自面对那个空无而惨淡的夜空。盛夏的夜风竟如此阴冷，令他不寒而栗。他在神迹引发的惊骇中昏沉地睡去，又在梦里听见幽灵的合唱。黎明之际，皇帝在半醒之中惘然想道，现在，只剩下维系胜负的最后一个筹码了，那就是神兽麒麟和万邦来朝的典礼。他要在隆重的盛典时分醒来，接受全体民众的赞美和敬拜。

古事記

麒麟　三寶

節義

忠孝

圖四

九

永乐十三年十一月仲冬（1415年12月）

和大人把麟带往后宫的御花园，让她在那里暂居，而把其他动物，全部安置到郊外的象苑，跟那些性情温和的榜葛剌大象为伍。麟很远就看见了麒的硕大头颅，他比最高的树更高，在冠状的树群间缓慢穿过，仿佛在巡视这被诅咒的场所。

麒的鼻子此刻也风闻了妻子的到来，夹杂着草原和海洋的混合气味。他巨大的心脏开始热烈跳动。他向她大步奔去，跟她相遇在一株大槐树旁。他们的长脖子亲昵地交缠起来，彼此用长舌舔着对方，粗粝而湿润的舌面爬过脸颊，在上面留下情欲汹涌的记号。月亮因害羞而躲进云层，暖房里的众花也垂下了怒放的花瓣。整座后花园都在为这场重逢而战栗。

麒还惊喜地看见，麟带来了宝船上的小宦者幽灵，它们过去一直寄生在麟的长脖子上，从那里建立自己的天堂乐园，但此时此刻，它们开始移情于这个全新的大陆花园。九宝率领它们从麟的脖子上起飞，又在麒的脖子上降落，继而飞向大树、屋顶和池塘水面，跟本地的亡灵会合，用嬉戏去改变它们的愁苦本性。

麟第一次跟和大人分离，她还不太习惯这种寒冷地带的风物。她在后花园里四处撒尿，在麒的记号桩旁留下自己的印记。她还抛掷大团粪便，然后用泥土掩埋起来，像在隐藏一种冒犯物。她知道，这宫廷将是她的新家园，她要尽快融入这个致命的文明，跟麒共同应对未知的命运。而麒则把脖子温顺地搁在妻子的后背上，仿佛要倚重于对方的脊骨，而麟不停地摆动自己的短尾，犹如在摇动一把记忆的扇子，向丈夫诉说海洋冒险的故事。

麒与麟在等待一个重要的时刻，因为所有人都在为此忙碌。就在麒抵达的第二天，后花园里开始兴建麒麟神舍，在和大人的指导下，宦官们用三天时间造起了一座高大的木屋，四周围着燃烧的炭盆。几名宦官在不停地添加木炭，它的热力驱散了扬子江的寒气。麟打了一个很大的喷嚏，声音一直传到和大人耳里。

和大人在忙于确定新鲜树叶的供应路线，以解决麒麟的食物危机。他还从民间招募绣工，赶制麒麟的避寒锦服。那是一项细致而复杂的工程。二十名绣工日夜兼程，先缝制两尺的朱红色方块，用金线细密地绣上龙鳞，再将它们按麒与麟的身材拼缀起来，形成两件巨大的华服。

　　由于一场北方朔风的袭击，冬季突如其来地降临了，阴冷的寒意吹进了大地的每个缝隙。紧挨后宫御花园的西宫厢房，是和大人的书房，那里炭火已经烧得通红。在透明的琉璃瓦窗前，黄色的腊梅花正在盛开，而在他的案头，漳州水仙的绿色花茎上，洁白的花朵也含苞欲放。麒看见他在审阅马欢的礼品册子。半个时辰后，他将带着表册向皇帝禀报航行的成就。

使节:琉球山南、山北,爪哇西王,占城,古里,柯枝,南渤利,甘巴里,满剌加,忽鲁谟斯,哈密,哈烈,撒马儿罕,火州,吐鲁番,苏门答腊,俺都淮、失剌思、马林迪十九国;

贡物之神兽类:麒麟(长颈鹿)、狻猊(狮子)、金钱豹、大西马(阿拉伯马)、花福禄(斑马)、神鹿(貘)、长角马哈兽(阿拉伯剑羚)、骆驼、驼鸡(鸵鸟)等三十一种;

贡物之香料类:胡椒、沉香、乳香、没药、苏合油、龙涎香、安息香、伽蓝香等五十一种;

贡物之药材类:槟榔、温纳齐(海狗肾)、芦荟、苏木、血竭、木鳖子等二十二种;

贡物之珠宝类:珍珠、珊瑚、玳瑁、翡翠、象牙、犀角、琥珀、水晶、红蓝宝石、猫眼石、祖母绿、金刚石、琉璃、金银器等二十三种；

贡物之绢帛类：吉贝（印度棉布）等各地土布五十一种；

贡物之木材类：紫檀、黄花梨、红酸枝三种；

贡物之颜料类：苏麻离青（烧制青花瓷的上等色料）等八种；

贡物之五金类如黄金、白银，以及各种杂品等从略。共计物品凡一百八十五种。

马欢的字迹如此娟丽，仿佛出自一个大家闺秀。和大人放下卷宗，忧心忡忡地看了一眼通向隔壁的房门——他还在里面沉睡。自从凤梨跳海之后，马欢就发起高烧，陷入谵妄的状态，喊着意义不明的胡话，跟自己在船上犯的病一模一样。御医说这是过度惊吓所致。和大人为此深感内疚。

他起身走到马欢身边，轻抚他的脸颊，感觉到他灼热的体温。他的生命在为女人燃烧，和大人痛苦地想道，心中仿佛有一头野兽在嗥叫。而在数百米远的麒麟神舍里，麟握住了来自和大人的悲伤。它像雨水一样滴落在她的长脖子上，令她感到了难以抗拒的寒意。

五天后的正午时分，朱棣在奉天门外的龙帐里摆下盛宴，迎接瑞兽和番国使节。这是比去年更为隆重的"万邦来朝"仪典，但皇帝却下令百姓在家里待着，不许走出家门一步，凡是开窗探头的，一律由锦衣卫以箭射杀。应天府的告示贴满了大街小巷。人民只好躲在家里，用印有麒麟画像的圣旨擦屁股泄愤。

巳时过后，上万名重装铁甲兵，在十六头大象组成的象阵的引领下，穿过厚重的城门，护卫外国使团进入皇宫，而其他士兵则化装成百姓模样，在道路两边发出欢呼。他们的嗓音比百姓更加嘹亮，富有节律，制造出的巨大声浪，令使节们心惊肉跳。这是朱棣需要的双簧，它满足了皇帝的虚荣心。这个杀死了另一个皇帝的皇帝，坐在侄子的皇位上，向世界发出了踌躇满志的微笑。

奉天门和奉天殿之间的广场上，神机营向天空发射了两百支烟花，大地上弥漫着呛人的硝烟。上百名童子宦者组成的盲歌队，站在寒风里瑟缩发抖，试着用金陵民间小调演唱颂圣的歌词。这是皇帝为盛典而推出的最新发明。他们唇色青紫，面黄肌瘦，但嗓子稚嫩而清澈，构成世上最无辜的人工声音。

上万铁甲骑兵的拱卫下，十九国的使节轮番向皇帝行礼，他们身后是装满贡品的车仗。在车仗末尾，出现了神兽的诡异队伍。为首的是一对身披五彩锦袍的高大麒麟，而在它们身后，是狮子、斑马、剑羚、鸵鸟、骆驼和马来貘等，它们被装在驷马拉的铁笼车里，迤逦而行，因气候不适而无精打采，它们的古怪长相引发了士兵们的窃笑。大钟和皮鼓声此起彼伏，随行的乐队一路演奏着徽班戏曲的曲调，旋律有些滑稽，仿佛是一群番邦戏子正在粉墨登场。

皇帝从未见过两只麒麟同时出现，他们身躯高大，逼迫人们仰视，犹如天神降世，其中一头是他的旧宠，而另一头是他未来的新宠。他们姿态从容而优雅,行走在这个充满恶意的世界,不仅要给那些愚蠢的民众注入希望,也要在百官中终结关于篡位的谤议。

朱棣心头的阴霾一扫而空。他把郑和叫到身边,对本次航海成果大加赞赏,下令赏赐黄金五百两、白绢两百匹、八岁左右的阉童二十名。皇帝意味深长地说,朕听说你这次深受女人之苦。当年我为你动手术的原因,就是要远离女人,因为他们是天下最大的祸害。马欢勉力从病榻上爬起,出席这个他期待已久的盛会,并顺便聆听了皇帝的告诫。他跪在地上,无限虚弱地想,和大人跟今上真是心心相印啊。

朱棣再次登上高高的木质云台,轻抚麒和麟的脖子,向百官大声宣布,神兽屡次降世证明,受到上天恩宠的帝国，必将万寿无疆，德望遍及天下。皇帝挥动右手，浑浊的瞳仁里闪出罕有的亮光。众官在底下交头接耳，对这一对神兽的现世大加称赞，说这是前无古人、后无来者、黄帝以降开天辟地的最大吉兆，足以证明今上正是神明的不二之选。

麒与麟眼里所看到的，是衰老版的郑和，头发花白，举止恭顺，露出无限谦卑的表情。但由于身材高大，他站在百官之间，犹如鹤立鸡群。麟很意外地听见，那些官员都在私底下窃窃私语，抱怨下西洋耗尽了帝国的财力，而郑和要为此负主要责任。和大人洞察了那些小人的诡异表情。他微微一笑，露出了宽恕的表情。

但在典礼的高潮时段，九宝和他的小亡灵们决定戏弄一下皇帝。它们聚集在麒的后腿之间，拍打无色透明的翅膀，以嬉闹的方式煽风点火，去点燃他情欲的火焰。麟发现了这个阴谋，却没有加以阻止。后宫的幽灵们躲在远处观望，就像一群幸灾乐祸的群众。

麒凝视着披挂锦袍的麟，感到她从未像此刻这样性感，散发出被人类文明污染后的奇异光辉。他举起粗大的长矛，像一名威风凛凛的战神。他把前腿搭在麟的后背上，奋力撞击她的脏器深处，从那里点燃她的狂欢。麟浑身战栗，步履踉跄地在原地打转，发出梅花鹿般的无耻鸣叫。

数万人在集体观看，男人们发出了赞叹，女人们则在满脸通红地惊叫，其中一些在叫声中晕厥在地。强大的帝国道德法则，面对着来自神兽的咄咄逼人的挑战，而皇帝面色苍白，对此不知所措。

现场的官员当即分为两派：法家开始盛赞麒麟，说他们在努力生产新一代神兽，以保佑帝国千秋万代永不变色；而儒家则指责麒麟公然行淫乱之事，有伤国体。两派就在广场上争闹起来，甚至彼此大打出手，弄得发髻散乱，帽冠、腰带和笏板掉了一地。

和大人一看事体不妙，下令麒麟奴将麒麟牵到场外，以免发生更大的骚乱。麒虽然事已完毕，却依旧在跟麟缠绵，用长舌温存地问候对方，如胶似漆地紧挨在她身边，生怕再次失去她的踪迹。他们身穿花棉袄，迈着轻盈的小碎步下场，高昂着颀长的脖子，姿态依然那么优雅，仿佛是世间最高贵的物种。晕厥的女眷们缓过神来，再度发出无比亢奋的欢呼。她们恍然大悟，以为自己亲眼看见了无与伦比的神器。

皇帝良久后才清醒过来，叫来禁卫军头领，用腰刀和盾牌制止了群官的内讧。他说，麒麟是至高无上的神兽，他们的作为，为的是神兽的繁殖，完全源自天意，用以向天下证明大明江山之不可摇撼，众卿对此不得有多妄议。谁胆敢继续滋事生非，必将严惩不贷。锦衣卫指挥使纪纲高声传达皇帝的最新指示，百官顿时停止了斗殴，变得鸦雀无声。他们对后宫的大屠杀记忆犹新。

麒犹自沉浸在方才的狂喜之中，麟则在紧张地观察和大人的反应。他神色阴郁地注视着这场变故，心里充满了忧愁。马欢安慰他说，这是天意，神兽在教诲我们应当如何繁衍子孙。和大人摇头说，我担心这是不祥之兆。麒麟在讽刺世人纵欲过度，损坏了天理。他们在示范我们的丑行。你要懂得，欲望是人最大的弱点。没有它，就没有了弱点，才能成就你的伟业，让你成为一个无欲的英雄。

马欢惆怅地望着和大人，第一次觉得他的理论有些胡扯，但他还需要时日去细加辨析。他勉强一笑，紧紧握住了和大人的大手。和大人面露尴尬，他轻轻甩开马欢的手，满含辛酸地说，这次回到应天府，我要替你张罗一下媳妇的事情。你也该有个照顾你的女人了。马欢掉头去看皇帝的退场，假装没有听见他的教诲。

黄昏时分，天上下起了细雨。麟看见马欢独自出宫，打着破伞，骑着一匹有病的阉马，神色黯然，心情恍惚。在他的左右肩上，各自驮着一个逃亡的宫女幽灵——它们似乎已经厌倦悲痛的后宫生涯。麒担心马欢随时会从马背上掉下去。好在他用一只手抱住马的脖子，身子紧挨着肮脏的鬃毛。

他缓慢走过秦淮河上的石桥，走过建康贡院和夫子庙，走过前朝歌伎的故里，走过与海洋截然不同的坚硬大地，一直走出了麟的视线。在他面前展开的，是喧闹的市井景象和表情生动的人民。戒严令已经解除，他们重新回到了街头，从那里继续庸常的生活。

一个女人在路边挥手喊马欢的名字，他抬眼一看，那是他一起长大的邻居。她身穿青色素袄，面容平淡，打着绘有桃花的油纸伞，向他发出热烈的召唤。马欢苦笑起来，心想，天哪，难道和大人真是一言成谶？他翻身下马，丢掉破伞，在细雨中向女人艰难地走去，仿佛在走向不可抗拒的宿命。冰冷的雨水很快打湿了他的头发。

尾

永乐二十二年七月
（1415年8月——宣德年间）

九年之后，也就是永乐二十二年（1424），朱棣第五次出兵北方戈壁，七月辛卯日（8月12日）死于回师途中的榆木川（今内蒙古乌珠穆沁），卒年六十四岁，据说是被复仇的宫女所毒杀。为了防止真相泄露而引发政治乱局，身边的大臣们用锡盒小心地藏起他的尸体，直到太子朱高炽继位为止。

根据皇帝的遗嘱，宫内太监以三十多名宫女生殉，她们在享受完人生最后一顿饭食之后，被带入皇帝的寝宫，在绝望的哀泣中悬梁自缢。她们的尸体跟皇后徐氏一起葬在长陵，去陪伴被黑暗和孤寂吞没的皇帝。

和大人在南京府邸里孤独地活着，膝下有兄弟过继的儿子及其第三代儿孙。他此后另一项使命，是替朱棣完成大报恩寺的建造。皇帝死后第九年，即宣德八年（1433年）四月初，在第七次下西洋途中，和大人于印度西海岸古里附近的海面上去世，卒年六十二岁，其尸体按伊斯兰礼俗葬于大海，据说，这种葬法回避了佛教关于完整身躯才能达成转世的教义困境。

和大人去世时，马欢正在金陵城南的家里跟妻子拌嘴。由于马欢拒绝行房，他们没有孩子，婚姻岌岌可危。在得知和大人去世的消息后，马欢离家出走，下落不明。有人看见，他在九华山寺院削发为僧，身后仅留下一卷《瀛涯胜览》。

麟十五个月后生下小麒麟，两年后又生下一只，又三年后，再生下一只。此后他们又全部被运往北京，在新紫禁城里活了数十年，目击了宫廷里的所有变故，还躲过一场针对麒麟的毒杀。麒与麟在宣德十七年双双死去，被皇室秘密葬于明孝陵，并立有一座石碑，上刻太常寺卿吴节撰写的诔文。数百年后，它被洪秀全发动的"太平天国"战争所摧毁。

三只小麒麟在九宝亡灵的照料下顺利长大，活了五十多年，成为大明帝国的秘密传奇，1464年正月，与明英宗朱祁镇几乎一同谢世，而其尸体则不知去向。

附录

唐人街,郑和的核心遗产

在纪念郑和下西洋六百周年的各种活动中,郑和的遗产成为世人关注的焦点。当人们都在高声颂扬郑和的航海成就时,我要说出一个被长期忽略的事实,即郑和对海外华侨社会及其文化架构的非凡意义。在我看来,郑和不仅是中国海洋叙事的最高代表,而且是全球华侨社会及其文化的奠基人。

尽管宋元两朝都有华人流落海外,从事"非法"的民间贸易,但真正形成华侨社会,当始于明朝永乐年间。它是郑和舰队的杰作。郑和在马六甲海域击败了陈祖义的私贩武装,剿灭了早期自由的民间华侨社会,而后,一种与大陆国家关系更为密切的新华侨社会在那里呼之欲出。

在七次大航海的进程中,马六甲和巨港等地成为海军基地和货物转运中心。士兵们在这里度假,推销,采购,赌博,搜集漂亮的女人。作为宦官的郑和不需要女人,但他并未阻止下属的寻花问柳。据郑和的翻译马欢和费信所撰的游记声称,那些身材高大的北方水手深受当地女人喜爱。

按照当地的浪漫风俗,一些好客的主人希望自己的妻子拥有一个中国情人,这样可以使他感到非常体面。郑和舰队的到来,除了刺激当地贸易和香料种植业的发展，也促成了色情业的繁华。多情的女主人与船员们结下了深厚友谊。

郑和的士兵原先都是帝国的囚犯，远航是囚犯与帝国的某种生命交易，他们是一群亡命的赌徒，藉此从皇帝那里换取第二次生命。但舰队的减员情况非常严重，据说最多的一次有一万人死在海上，人数超过整个舰队的三分之一。远征者的家属再也无法触摸那些已经葬身大海的尸体。他们的恸哭淹没在皇帝胜利的笑声之中。

但这些死亡者的名单却充满了猫腻。在经历了多次性交易或真正的浪漫爱情之后，一些士兵中在南洋滞留不归，成为幸福的逃亡者。出于政治和贸易战略考虑，郑和没有深究他们的叛国罪行，反而默许了这种逃亡行径。为掩人耳目,他们被戏剧性地加入了死亡名单,而他们却已改名换姓,与当地女子通婚,生儿育女,经营中国杂货,形成第一个具有国家主义特征的华侨社会,并成为郑和舰队和当地土著社会间的政治纽带。

郑和时代建立的南洋华侨社会,具有下列四项基本表征:

第一,它从事中国货(丝绸、瓷器、茶叶、生姜和蔬菜等)的经营,而这正是郑和舰队携带或贩运的主要货物。这种杂货市场就是唐人街经济的主体。

第二,郑和为华侨社会还提供了核心文化符号。今天出现在各地唐人街的各种中国文化符号,从石狮、牌坊、琉璃瓦顶、红色灯笼、舞龙到中国草药,都是明成祖朱棣和郑和的联合杰作。朱棣是中华国家主义符码的集大成者，紫禁城不仅是皇帝的壮丽家园，而且也是中华国家主义符码的最大展厅。它们被镶嵌在紫禁城建筑群里，成为权力美学的象征，而郑和则奉命把它们输送到南洋，成为华侨社会的民族主义支柱。这些符号以后又飞越南洋，成为美洲、澳洲和欧洲唐人街的鲜明标记。

第三，在泰国境内有着南洋最大的郑和镀金塑像，它揭示了南洋华侨对郑和所代表的帝国的持续性效忠。在拥有仇恨宦官传统的中国，除了郑和，没有任何人享受过来自人民的这种敬意。这种文化忠诚是华侨社会的普遍特征；他们是永远的"侨民"，保持着中央帝国的历史记忆。这一坚硬的民族信仰削弱了华侨融入当地社会的能力。六百年以来,他们与南洋原住民的文化隔膜和冲突变得旷日持久。作为最大的种族异端,他们不断成为原住民排挤、清洗和屠杀的对象。

第四,郑和还是妈祖崇拜的始作俑者。郑和十二岁被明朝军队虏获,在割除生殖器后沦为朱棣的家奴。他的父亲死于战乱,而母亲两年后也病逝于云南故乡。郑和从此面对着生理和心理的双重残障。他毕生都无法摆脱恋母情结的纠缠。

在福建长乐等待东北季风时,郑和曾经遭遇一位要饭的老妪,背影酷似他的母亲,他下令收养这位素不相识的老妪,为她打造一座云南样式的木楼,供养她的衣食。这座风格奇特的木楼叫做"母梦楼",直到 20 世纪上半叶还矗立于长乐县境内，像一座木质的纪念碑，诉说着一个儿子对母亲的长达五百年的思念。

但郑和恋母情结的主要投射对象并非无名老妪，而是海神妈祖。此前，妈祖只是一位地方小神，主管福建东部沿海渔民的局部信仰。郑和扩大了她的权能及其接受崇拜的区域。她不仅是郑和舰队的保护神，而且成为整个海外华侨社会的最高神祇。郑和在沿海各地打造了多座规模宏大的妈祖庙，并且恳请皇帝朱棣敕封她为"天妃"，把它提升为国家级神祇。至此，妈祖作为唯一的海洋女神，填补了中国神谱的最后空缺。她是郑和的精神母亲，不倦地庇佑着这个毕生漂泊的男人。

贸易市场、民族符码、国家信仰和妈祖崇拜，这是支撑海外唐人街的四大支柱，也是唐人街文化的最大秘密。

但由于朝贡贸易消耗了帝国的大量财力，引发文官集团的强烈反弹，明帝国开始实施海禁，皇帝被迫放弃了朝贡贸易，同时也严禁民间的跨国自由贸易。郑和的宝船舰船被拖回，逐渐成为一堆历史的破烂。朝廷还规定建造双桅以上的船只即犯死罪，并准许沿海总督摧毁所有远洋航行的船只，逮捕驾船下海的商人。在文官集团的声讨下，郑和留下的大批档案不翼而飞。有关航海大发现的知识和技术被彻底清洗，伟大的梦想被悄悄埋葬在皇帝的后花园里。

郑和的航海遗产遭到了彻底湮灭，只有他的文化遗产被海外华侨所秘密继承。全球各地的唐人街上，到处弥漫着郑和的气息，但没有人知道它们的来历，也没有人把它们与郑和的名字挂钩。作为历史悲剧主角的郑和，至此走到了命运的尽头。

载于 2009 年《东方早报》